Rudyard Kipling

Just so Stories
(Selected Stories)

Histoires comme ça
(choix)

Avec les illustrations
de Rudyard Kipling

Traduit de l'anglais,
préfacé et annoté par Claude Mourthé

Traduction inédite

Gallimard

Table of contents
Sommaire

Ce bon vieux Rudyard...

Pour le public français, Rudyard Kipling (Bombay 1865-Londres 1936) sera sans doute à jamais, parfois uniquement, l'auteur inoubliable du Livre de la jungle. Pour ceux qui le connaissent mieux, le père éploré parcourant les cimetières militaires dans sa Rolls-Royce à la recherche de son fils décédé, tué dès 1915 à la bataille de Loos : c'est à John qu'il avait dédié le célèbre poème If, universellement connu — « Tu seras un homme, mon fils ! » —, traduit par Paul Éluard et André Maurois, chanté par Bernard Lavilliers, élu encore récemment (en 1995) poème préféré des Anglais. Pour d'autres encore, il est un des représentants les plus marquants de l'esprit victorien, défenseur à tout crin et sujet à part entière de l'Empire, une sorte de lord Kitchener de la littérature anglaise, ce qui lui vaut, ou lui a valu, l'inimitié de beaucoup d'intellectuels de gauche comme de droite : George Orwell le tenait pour le prophète de l'impérialisme britannique, Stevenson s'opposa violemment à lui lors de la guerre contre les Boers, quand Kipling soutenait la cause anglaise. Cependant, sans doute à cause de cela, la ferveur populaire ne lui a jamais manqué, ni les faveurs de l'establishment, fier de lui voir attribuer en 1907 le prix Nobel de littérature, premier lauréat de langue anglophone, et le plus jeune à l'avoir jamais reçu.

Si on consulte le dossier de cet auteur prolifique, souvent exploité au cinéma — Kim, L'homme qui voulut

être roi, Capitaines courageux, *et bien sûr l'indémodable* Livre de la jungle —, *on découvre nombre de bizarreries ou de contradictions qui ne s'expliquent pas seulement par ses origines ou son curriculum d'infatigable voyageur. Par exemple, semblable au* Chat qui va seul *et monnaye les compliments qu'on lui adresse contre une bonne jatte de lait, s'il a accepté une distinction française, un doctorat de l'Université de Paris en 1921, il avait un quart de siècle auparavant refusé le* Laureateship *en 1895, ainsi qu'un peu plus tard l'ordre du Mérite, et n'a jamais voulu être anobli. De même, alors que pas une fois, semble-t-il, au cours de ses périples, il n'a abandonné le désir de fonder un foyer et de s'y consacrer, comme en témoigne cette même histoire du chat, avec la naissance, dans sa caverne, d'une des premières familles de l'humanité, il semble avoir beaucoup hésité à se marier — « Il voyage le plus vite, celui qui voyage seul » —, tout comme il a rechigné longtemps, malgré son attachement à la Couronne et son sentiment patriotique, à s'installer définitivement en Grande-Bretagne. Ou ailleurs. Quel inlassable globe-trotter ! Non pour sacrifier à ce grand « tour » tellement à la mode sous Victoria, à la fin du siècle, « tour » qui se limitait généralement à la face ensoleillée de l'Europe, mais en sautant d'un continent à l'autre, tel ce bon vieux kangourou de l'histoire, sans montrer apparemment aucune lassitude, avec une vision et un désir de découverte très universalistes,* so british.

Voyager semble faire partie intrinsèque de la destinée de l'enfant aux deux patries, puis de l'éternel adolescent, dont les parents définitivement fixés en Inde, après s'être rencontrés dans le Staffordshire, près du lac Rudyard, d'où le prénom, se considéraient comme «Anglo-Indiens». Une nourrice indienne lui apprend le hindi. Dès l'âge de six ans, alors qu'il est né à Bombay, son père, sculp-

teur «officiel», plus tard curateur du musée de Lahore, et sa mère, Alice, l'expédient en Angleterre, comme il était d'usage, en vue d'études traditionnelles à l'Académie militaire de Westward Ho! dans le Devon, études dont le seul bénéfice, pour le tout jeune impétrant, est d'y apprendre le russe, autre bel exemple d'éclectisme et d'ouverture sur le monde.

Westward Ho! mais pas Oxford, hélas!, faute de moyens financiers et de bourse d'études, les Kipling n'étant pas nés, eux, avec une petite cuiller d'argent dans la bouche. En revanche, c'est à cette époque-là que Rudyard découvre la peinture, lors de séjours à Londres pour les vacances de Noël, chez une tante, Georgina, qui n'était autre que l'épouse du préraphaélite Burne-Jones — «un paradis auquel je dois en vérité d'avoir été sauvé» —, paradis où il rencontre également William Morris : de là est peut-être venu à Kipling son goût des dessins naïfs mais chargés de symboles à la manière préraphaélite, qui accompagnent ses Histoires comme ça.

Après cette période quelque peu difficile mais constructive, retour en Inde à l'âge de dix-sept ans et, grâce à son père, débuts de pigiste à la Civil and Military Gazette de Lahore — «ma première maîtresse, mon premier amour» —, ce qui laisse toujours un peu de temps pour se consacrer à la poésie — premier recueil, Departmental Ditties, en 1886 —, et permet, en outre, de se trouver au plus près des populations. C'est grâce à des chroniques d'actualité, un vrai travail de journaliste qui très vite impose son nom, que Kipling, ni tout à fait indien, ni tout à fait anglais, comme ses parents, prend goût aux travaux de plume avec une série de nouvelles publiées par ladite gazette et qui trouvent d'emblée leur public, avant d'être réunies en 1888 sous le titre Simples contes des collines. Kipling a vingt-deux ans. Il ne lui reste qu'à

revenir à Londres, capitale intellectuelle où sa carrière pourra s'épanouir.

Ce sera fait, mais non sans un long détour par San Francisco, Elmira, dans l'État de New York, où il rencontre Mark Twain — forte impression —, puis Rangoon, Singapour, Hong Kong, le Japon, assemblant sans doute une vaste part de la matière première qui allait nourrir ses œuvres futures, pour finalement débarquer à Liverpool en 1889, à l'âge de vingt-quatre ans, et faire enfin ses véritables débuts dans le monde littéraire après la parution de son premier roman : La lumière qui s'éteint, un succès.

Ce n'était que pour repartir — ces allers et retours incessants donnent un peu le vertige, comme à Dingo Chien Jaune dans l'histoire du kangourou — en Afrique du Sud, Australie, Nouvelle-Zélande, périple au cours duquel il apprend la mort de son ami Wolcott Balestier, avec lequel il avait cosigné un roman, The Naulakha — de neuf lakh, en hindi, collier de neuf cent mille roupies destiné à une reine. Très proche de la sœur de Balestier, Caroline — Carrie —, il lui envoie aussitôt un télégramme, rentre en Angleterre et l'épouse alors qu'une épidémie de grippe décime Londres. Et nouveau voyage, de noces cette fois, d'abord aux États-Unis pour rencontrer la famille de Carrie et de feu Wolcott, puis au Japon. Voyage qui se termine mal : la faillite de leur banque les obligeant au retour et à s'installer dans le Vermont pour quatre ans. Séjour cependant hautement bénéfique, dans un modeste Bliss Cottage (Maison du bonheur), puis dans une plus vaste demeure baptisée Naulakha en l'honneur de Wolcott, Kipling écrit Le Livre de la jungle, Capitaines courageux, ainsi que ses Barrack-Room Ballads, et que naît, à New York, sa fille aînée, Josephine, la nuit du 29 décembre 1892, « sous trois pieds de neige ».

En septembre 1896, enfin, après cette « existence au bon

air », où il a aussi beaucoup arpenté les parcours de golf, retour en Angleterre de Kipling, cette fois accompagné de Mrs Kipling et de leur fille, non à Londres mais dans le Devon, à Torquay, qui est, comme ses admirateurs le savent, la ville d'Agatha Christie. En dépit de la montée de la gloire et de la considération générale, cette considération que les Britanniques accordent si difficilement, la suite de l'existence n'a rien d'un fleuve tranquille comme le Limpopo de L'enfant d'éléphant. Dissentiments dans le couple, malgré la naissance d'une seconde fille, Elsie, mais c'est à Torquay que l'auteur désormais très connu du Livre de la jungle, paru en 1894, commence à rassembler en quelques anecdotes les sujets futurs des Histoires comme ça, des bedtime stories, histoires pour s'endormir. Éditées en 1902, elles remportent, elles aussi, un immense succès, malheureusement assombri à tout jamais par le décès, à la suite d'une pneumonie, lors d'un énième séjour aux États-Unis, de celle à qui elles étaient destinées pour la distraire : Josephine, la best beloved. Peut-être, sans doute même, les a-t-elle entendues de la bouche de son père, mais jamais, hélas !, elle ne les aura lues.

Ces Histoires, dont on remarquera la modestie du titre — à l'origine Just So Stories for Little Children —, font inévitablement penser aux contes débités par Schéhérazade pour endormir le sultan, et leur invention langagière s'apparente à celle de Lewis Carroll dans La Chasse au snark, paru en 1876. On peut dire aussi qu'elles se présentent à la façon d'un de ces plats de la cuisine indienne ou indonésienne, servis à discrétion sur un vaste plateau où se côtoient à profusion les mets les plus divers, portant des noms à consonance mystérieuse mais forcément « plus qu'orientales », telle la toque du Parsi dans l'histoire du rhinocéros. Très épicées, of course, comme si une main

tout aussi mystérieuse et magique les avait agrémentées de différentes sortes de condiments exotiques, certains mordant férocement au palais. Car tout n'est pas sucre et guimauve dans ce que raconte Kipling, on le savait depuis Le Livre de la jungle, l'unique loi étant précisément celle de la jungle, avec fréquemment l'intervention malicieuse mais autoritaire de quelque dieu, djinn, ou encore, comme dans l'histoire du léopard, d'un babouin savant, créatures qui semblent sorties d'une botte de Noël.

Historiquement, on s'y promène aussi dans les temps immémoriaux où l'humanité n'en était qu'à ses débuts, où les animaux commençaient à peine à être domestiqués, où l'on se fiait aux signes et où l'on employait, parce qu'on les connaissait d'instinct, des formules magiques. Géographiquement, la scène de ces courtes œuvres est le monde, comme l'écrira Claudel, plus tard, en ouverture du Soulier de satin, ce qui nous vaut des kyrielles de noms de lieux, d'îles, de continents — la plupart inventés mais avec quelle imagination ! —, ainsi que des allusions à certains événements historiques parfaitement oubliés, telle l'expédition britannique au Brésil parmi les Incas, toujours en référence, et en révérence, n'en déplaise à Orwell, à la suprématie des flottes britanniques — Rule Britannia over the waves ! — qui, depuis la grande Élisabeth, sillonnaient les océans en quête de découvertes et de colonies nouvelles.

Du reste, souvent didactique dans son désir d'en apprendre toujours plus à sa fille, Kipling ne manquait pas d'être influencé par l'air du temps : Darwin avait formulé sa théorie de l'évolution des espèces en 1859, les archéologues britanniques remuaient ciel et terre, surtout la terre, pour lui soutirer ses secrets des ères révolues, concurrencés par le Français Champollion qui, en décryptant la pierre

de Rosette, aujourd'hui bien au chaud dans une galerie du British Museum, s'employait à résoudre le secret des hiéroglyphes. Il y avait dans tout cela, comme dans les noms de lieux et les itinéraires fantaisistes, matière à une intense poésie, bien que Kipling n'ait jamais été considéré comme un grand poète — les Britanniques, à ce sujet-là, sont très exigeants —, mais son style clair, limpide même, imprégné de ce talent ancestral et spontané des conteurs indigènes, sans en exclure la rudesse ni parfois la crudité, et aussi, peut-être même essentiellement, l'appel à l'orgueil de compatriotes dont l'Union Jack recouvrait alors la plus grande partie du globe, un quart de la population mondiale, sont probablement ce qui a valu à ce poète néanmoins national, qui écrivit plus tard les discours de George V, un public universel, et de la part d'Henry James, témoin à son mariage, cette appréciation que beaucoup d'auteurs de son époque n'ont pas méritée : « L'homme de génie le plus complet que j'ai jamais connu. » Ce qui lui vaut aussi de reposer, for always and always and always, au Poet's Corner, dans l'abbaye de Westminster, mais non sans que sa disparition, le 18 janvier 1936 à l'âge de soixante-dix ans, ne s'accompagne d'une note d'humour. Une revue l'ayant prématurément annoncée, cela lui valut, de la part de l'écrivain encore bien vivant, une lettre avec cette dernière belle réplique : « Je viens de lire que j'étais décédé. N'oubliez pas de me rayer de la liste des abonnés. »

Claude Mourthé

How the Whale Got His Throat

N the sea, once upon a time, O my Best Beloved, there was a Whale, and he ate fishes. He ate the starfish and the garfish, and the crab and the dab, and the plaice and the dace, and the skate and his mate, and the mackereel and the pickereel, and the really truly twirly-whirly eel. All the fishes he could find in all the sea he ate with his mouth – so! Till at last there was only one small fish left in all the sea, and he was a small 'Stute Fish, and he swam a little behind the Whale's right ear, so as to be out of harm's way. Then the Whale stood up on his tail and said, 'I'm hungry.' And the small 'Stute Fish said in a small 'stute voice, 'Noble and generous Cetacean, have you ever tasted Man?'

'No,' said the Whale. 'What is it like?'

'Nice,' said the small 'Stute Fish. 'Nice but nubbly.'

'Then fetch me some,' said the Whale, and he made the sea froth up with his tail.

'One at a time is enough,' said the 'Stute Fish. 'If you swim to latitude Fifty North, longitude Forty West (that is Magic), you will find,

Comment la baleine s'engorgea

Il était une fois en mer, ô toi que j'aime plus que tout, une baleine, et cette baleine mangeait des poissons. Elle mangeait l'astérie comme la plie, le crabe et la limande, le carrelet et la vandoise, la raie avec son mâle, le maquereau et le turbot, et l'anguille qui se tortille et s'entortille en vérité pour de bon. Tous les poissons qu'elle pouvait trouver, par toute la mer, elle les mangeait avec sa gueule, comme ça! Jusqu'à ce que, pour finir, il ne reste plus, par toute cette mer, qu'un seul petit poisson, et c'était un petit poisson très malin, qui nageait un peu en arrière de l'oreille droite de la baleine, pour ne pas s'attirer d'ennuis. Alors la baleine se dressa sur sa queue et dit : « J'ai faim. » Et le petit poisson très malin répondit d'une petite voix très maligne : « Noble et généreux cétacé, as-tu jamais goûté à l'homme?

— Non, dit la baleine. C'est comment?

— Extra, répondit le petit poisson très malin. Extra, mais coriace.

— Alors, trouve-m'en, dit la baleine, et de faire écumer la mer de sa queue.

— Un à la fois, ça suffit bien, dit le petit poisson très malin. Si tu nages jusqu'à 50° de latitude nord et 40° de longitude ouest[1] (ça, c'est de la magie), tu trouveras,

---

1. 50° de latitude nord, 40° de longitude ouest : en Atlantique Nord.

sitting *on* a raft, *in* the middle of the sea, with nothing on but a pair of blue canvas breeches, a pair of suspenders (you must *not* forget the suspenders, Best Beloved), and a jack-knife, one shipwrecked Mariner, who, it is only fair to tell you, is a man of infinite-resource-and-sagacity.'

So the Whale swam and swam to latitude Fifty North, longitude Forty West, as fast as he could swim, and *on* a raft, *in* the middle of the sea, *with* nothing to wear except a pair of blue canvas breeches, a pair of suspenders (you must particularly remember the suspenders, Best Beloved), *and* a jack-knife, he found one single, solitary shipwrecked Mariner, trailing his toes in the water. (He had his Mummy's leave to paddle, or else he would never have done it, because he was a man of infinite-resource-and-sagacity.)

Then the Whale opened his mouth back and back and back till it nearly touched his tail, and he swallowed the shipwrecked Mariner, and the raft he was sitting on, and his blue canvas breeches, and the suspenders (which you *must* not forget), *and* the jack-knife – He swallowed them all down into his warm, dark, inside cupboards, and then he smacked his lips – so, and turned round three times on his tail.

But as soon as the Mariner, who was a man of infinite-resource-and-sagacity, found himself truly inside the Whale's warm, dark, inside cupboards, he stumped and he jumped and he thumped and he bumped, and he pranced and he danced, and he banged and he clanged, and he hit and he bit, and he leaped and he creeped, and he prowled and he howled, and he hopped and he dropped, and he cried and he sighed,

assis sur un radeau au beau milieu de la mer, sans rien d'autre sur lui qu'une culotte de toile bleue, une paire de bretelles (il ne faut pas que tu oublies les bretelles, mon adorée) et son couteau de matelot, un marin naufragé, lequel, il est bon de t'en avertir, est un homme de ressources et d'une sagacité infinies. »

De sorte que la baleine nagea et nagea encore, aussi vite qu'elle pouvait nager, jusqu'aux 50° de latitude nord et aux 40° de longitude ouest, et là, sur un radeau en pleine mer, sans rien d'autre sur lui qu'une culotte de toile bleue, une paire de bretelles (tu dois, mon adorée, te souvenir particulièrement des bretelles) et un couteau de marin, elle trouva un matelot naufragé, isolé et solitaire, qui trempait ses orteils dans l'eau (il avait, pour barboter ainsi, la permission de sa maman, sinon il ne l'aurait jamais fait, car c'était un homme de ressources et d'une sagacité infinies).

Alors la baleine ouvrit sa gueule tout grand, tout grand, tout grand, si grand que cette gueule rejoignit presque sa queue, et elle avala le matelot naufragé, ainsi que le radeau sur lequel il était assis, sa culotte de toile bleue, ses bretelles (que tu ne dois pas oublier), et son couteau de marin. Elle engloutit le tout dans son garde-manger intérieur, tout chaud et tout noir, puis elle se pourlécha, comme ça, et virevolta par trois fois sur sa queue.

Mais aussitôt que le matelot, qui était un homme de ressources et d'une sagacité infinies, se trouva pour de vrai à l'intérieur du garde-manger tout chaud et tout noir de la baleine, il se remit d'un bond sur ses pieds, il tambourina et tapa, se démena et s'agita, il frappa et sonna le branle-bas, cogna et s'enragea, fit des sauts et rampa, se tourna et se retourna en vociférant, s'élança puis retomba, se lamenta et soupira,

This is the picture of the Whale swallowing the Mariner with his infinite-resource-and-sagacity, and the raft and the jack-knife and his suspenders, which you must *not* forget. The buttony-things are the Mariner's suspenders, and you can see the knife close by them. He is sitting on the raft, but it has tilted up sideways, so you don't see much of it. The whity thing by the Mariner's left hand is a piece of wood that he was trying to row the raft with when the Whale came along. The piece of wood is called the jaws-of-a-gaff. The Mariner left it outside when he went in. The Whale's name was Smiler, and the Mariner was called Mr. Henry Albert Bivvens, A.B. The little 'Stute Fish is hiding under the Whale's tummy, or else I would have drawn him. The reason that the sea looks so ooshy-skooshy is because the Whale is sucking it all into his mouth so as to suck in Mr. Henry Albert Bivvens and the raft and the jack-knife and the sus- penders. You must never forget the suspenders.

Cette image est celle de la baleine[1] avalant le marin avec sa sagacité et ses ressources infinies, et aussi le radeau, le couteau et ses bretelles, que tu ne dois surtout pas oublier. L'accessoire avec des boutons, ce sont les bretelles du marin, et tout à côté tu peux voir le couteau. Le marin est assis sur le radeau, mais comme il a été relégué de côté, tu ne distingues pas grand-chose de lui. L'objet blanchâtre dans sa main gauche, c'est un morceau de bois à l'aide duquel il essayait de guider le radeau alors que la baleine approchait. Ce morceau de bois a un nom : gaffe à tenaille[2]. Le marin l'a laissée à l'extérieur quand il a été avalé. Le nom de la baleine est *La Souriante*, et celui du marin, M. Henry Albert Bivvens, A.B. Le petit poisson malin se cache sous le ventre de la baleine, sinon je l'aurais dessiné. La raison pour laquelle la mer paraît tellement agitée, c'est que la baleine est en train de tout aspirer dans sa gueule comme elle aspire M. Henry Albert Bivvens, ainsi que le radeau, le couteau de marin et les bretelles. Jamais tu ne dois oublier les bretelles.

1. Portrait de la baleine : Kipling décrit la genèse de ce dessin dans son autobiographie, *Deux ou trois choses sur moi-même* : « Lors d'un voyage, notre steamer fut presque contraint de stopper face à une baleine, qui plongea juste à temps pour nous éviter, après m'avoir toisé d'un inoubliable petit œil de la taille de celui d'un bœuf… En illustrant les *Histoires comme ça*, je m'en suis souvenu et inspiré. »

2. Une gaffe est un espar. Ses mâchoires enserrent le mât tout en permettant à la gaffe de jouer librement.

and he crawled and he bawled, and he stepped and he lepped, and he danced hornpipes where he shouldn't, and the Whale felt most unhappy indeed. (*Have* you forgotten the suspenders?)

So he said to the 'Stute Fish, 'This man is very nubbly, and besides he is making me hiccough. What shall I do?'

'Tell him to come out,' said the 'Stute Fish.

So the Whale called down his own throat to the shipwrecked Mariner, 'Come out and behave yourself. I've got the hiccoughs.'

'Nay, nay!' said the Mariner. 'Not so, but far otherwise. Take me to my natal-shore and the white-cliffs-of-Albion, and I'll think about it.' And he began to dance more than ever.

'You had better take him home,' said the 'Stute Fish to the Whale. 'I ought to have warned you that he is a man of infinite-resource-and-sagacity.'

So the Whale swam and swam and swam, with both flippers and his tail, as hard as he could for the hiccoughs; and at last he saw the Mariner's natal-shore and the white-cliffs-of-Albion, and he rushed half-way up the beach, and opened his mouth wide and wide and wide, and said, 'Change here for Winchester, Ashuelot, Nashua, Keene, and stations on the *Fitch*burg Road'; and just as he said 'Fitch' the Mariner walked out of his mouth.

But while the Whale had been swimming, the Mariner, who was indeed a person of infinite-resource-and-sagacity, had taken his jack-knife and cut up the raft into a little square grating all running criss-cross,

en braillant il se traîna, arpenta et tempêta, avant de danser la gigue dans cet endroit inadéquat, et la baleine en était extrêmement malheureuse. (Les bretelles, tu les as oubliées?)

La baleine dit alors au petit poisson très malin : «Cet homme-là est vraiment coriace et, en plus, il me flanque le hoquet. Que faire?

— Dis-lui de sortir», répondit le petit poisson très malin.

Alors, par le truchement de son propre gosier, la baleine interpella, vers le bas, le marin naufragé : «Sors de là et tiens-toi tranquille. J'ai attrapé le hoquet.

— Que nenni! répliqua le marin. Pas comme ça, mais d'une façon tout autre. Rapporte-moi à mon rivage natal et aux blanches falaises d'Albion, alors j'aviserai.» Et de se remettre à danser de plus belle.

«Tu ferais mieux de le ramener chez lui, dit à la baleine le petit poisson très malin. Je dois t'avoir prévenue que c'était un homme de ressources et d'une sagacité infinies.»

C'est ainsi que la baleine nagea, nagea et nagea encore, à la fois de ses nageoires et de sa queue, aussi fort qu'elle le pouvait malgré son hoquet, et pour finir elle fut en vue du rivage natal du marin et des blanches falaises d'Albion. Elle fonça jusqu'à mi-distance du rivage, ouvrit sa gueule tout grand, tout grand, tout grand, et annonça : «Pour Winchester, Ashuelot, Nashua, Keene, et les gares en direction de Fitchburg, changement de train!» et, au moment précis où elle prononçait «Fitch», le marin émergea de sa gueule.

Or, tandis que la baleine se trouvait en train de nager, le marin, une personne de ressources et d'une sagacité infinies, avait pris son couteau de matelot et découpé son radeau en une grille de fines lames entrecroisées,

and he had tied it firm with his suspenders (*now* you know why you were not to forget the suspenders!), and he dragged that grating good and tight into the Whale's throat, and there it stuck! Then he recited the following *Sloka*, which, as you have not heard it, I will now proceed to relate:

> *By means of a grating*
> *I have stopped your ating.*

For the Mariner he was also an Hi-ber-ni-an. And he stepped out on the shingle, and went home to his Mother, who had given him leave to trail his toes in the water; and he married and lived happily ever afterward. So did the Whale. But from that day on, the grating in his throat, which he could neither cough up nor swallow down, prevented him eating anything except very, very small fish; and that is the reason why whales nowadays never eat men or boys or little girls.

The small 'Stute fish went and hid himself in the mud under the Door-sills of the Equator. He was afraid that the Whale might be angry with him.

The Sailor took the jack-knife home. He was wearing the blue canvas breeches when he walked out on the shingle. The suspenders were left behind, you see, to tie the grating with; and that is the end of *that* tale.

qu'il avait solidement attachées entre elles, en un petit carré, à l'aide de ses bretelles (tu sais maintenant pourquoi tu devais ne pas oublier les bretelles!), puis il avait tiré cette grille bien serrée jusqu'à la gorge de la baleine, où elle restait coincée! À la suite de quoi, il avait récité le *sloka*[1] suivant, que je vais te dire, car tu ne le connais pas :

> *C'est cette grille aménagée*
> *Qui te privera de manger.*

Car le marin était également un Hi-ber-ni-an[2]. Et après avoir posé le pied sur les galets, il s'en retourna chez sa mère, qui lui avait donné la permission de tremper ses orteils dans l'eau, puis il se maria et vécut heureux à tout jamais. La baleine aussi. Sauf qu'à dater de ce jour-là, dans sa gorge, la grille qu'elle ne pouvait ni recracher en toussant ni avaler pour la faire descendre l'empêcha de rien manger si ce n'est de tout petits, tout petits poissons, et voilà pourquoi, de nos jours, les baleines ne mangent jamais ni d'hommes, ni de petits garçons, ni de petites filles.

Le petit poisson très malin alla se cacher dans la vase au seuil des portes de l'Équateur, de peur que la baleine ne passe sa colère sur lui.

Le marin rapporta son couteau à la maison, vêtu de la culotte de toile bleue qu'il portait en posant le pied sur les galets. Quant aux bretelles, vois-tu, il les avait laissées derrière lui pour attacher la grille. Et ainsi se termine cette histoire-là.

---

1. Épigramme en vers traduite du sanscrit, hyperbolique ou magique.
2. Irlandais de pure souche.

When the cabin port-holes are dark and green
  Because of the seas outside;
When the ship goes *wop* (with a wiggle between)
And the steward falls into the soup-tureen,
  And the trunks begin to slide;
When Nursey lies on the floor in a heap,
And Mummy tells you to let her sleep,
And you aren't waked or washed or dressed,
Why, then you will know (if you haven't guessed)
You're 'Fifty North and Forty West!'

Quand les hublots de la cabine se font vert sombre
  Sous l'effet du grand large,
Quand le bateau fait ouf! après un fort tangage,
Et que le steward tombe dans la soupière,
  Et que les malles se mettent à glisser;
Quand les joujoux gisent en tas sur le sol
Et que Maman te dit de la laisser dormir,
Et que tu n'es ni bien éveillée, ni lavée, ni habillée,
Alors, et alors seulement, tu sauras (si tu ne l'as pas deviné)
Que tu te trouves par « 50° de latitude nord et 40° de longitude ouest » !

*H*ere is the Whale looking for the little 'Stute Fish, who is hiding under the Door-sills of the Equator. The little 'Stute Fish's name was Pingle. He is hiding among the roots of the big seaweed that grows in front of the Doors of the Equator. I have drawn the Doors of the Equator. They are shut. They are always kept shut, because a door ought always to be kept shut. The ropy-thing right across is the Equator itself; and the things that look like rocks are the two giants Moar and Koar, that keep the Equator in order. They drew the shadow-pictures on the Doors of the Equator, and they carved all those twisty fishes under the Doors. The beaky-fish are called beaked Dolphins, and the other fish with the queer heads are called Hammer-headed Sharks. The Whale never found the little 'Stute Fish till he got over his temper, and then they became good friends again.

*L*a baleine est ici à la recherche du petit poisson très malin, qui se cache sous le seuil des portes de l'Équateur. Le petit poisson très malin se nomme Pingle. Il se cache parmi les racines des grandes algues qui poussent face aux portes de l'Équateur. J'ai dessiné celles-ci. Elles sont fermées. Elles sont continuellement fermées, car une porte doit toujours rester fermée. L'espèce de ficelle en travers, c'est l'Équateur lui-même, et ce qui ressemble à une paire de rochers, ce sont les géants Moar et Koar, gardiens de l'ordre de l'Équateur. Ce sont eux qui ont dessiné, sur les portes de ce dernier, les ombres chinoises et sculpté au-dessous tous ces poissons entrelacés. Ces poissons dotés d'un bec s'appellent dauphins à bec, et les autres avec une tête biscornue, ce sont des requins-marteaux. Jamais la baleine n'a trouvé le petit poisson très malin avant que sa mauvaise humeur lui passe, et par la suite ils sont redevenus bons amis.

How the Camel Got His Hump

OW this is the next tale, and it tells how the Camel got his big hump.

In the beginning of years, when the world was so new-and-all, and the Animals were just beginning to work for Man, there was a Camel, and he lived in the middle of a Howling Desert because he did not want to work; and besides, he was a Howler himself. So he ate sticks and thorns and tamarisks and milkweed and prickles, most 'scruciating idle; and when anybody spoke to him he said 'Humph!' Just 'Humph!' and no more.

Presently the Horse came to him on Monday morning, with a saddle on his back and a bit in his mouth, and said, 'Camel, O Camel, come out and trot like the rest of us.'

'Humph!' said the Camel; and the Horse went away and told the Man.

Presently the Dog came to him, with a stick in his mouth, and said, 'Camel, O Camel, come and fetch and carry like the rest of us.'

'Humph!' said the Camel; and the Dog went away and told the Man.

Presently the Ox came to him, with the yoke on his neck, and said, 'Camel, O Camel, come and plough like the rest of us.'

Comment le chameau
se cabossa

Voici maintenant l'histoire suivante, ou comment le chameau se trouva pourvu d'une énorme bosse.

Au commencement des temps, alors que le monde était nouveau et tout et tout, et que les animaux commençaient tout juste à travailler pour l'homme, il y avait un chameau qui vivait en plein Désert hurlant parce qu'il se refusait à travailler. En outre, c'était lui-même un Hurleur. De sorte que, désœuvré à mourir, il se nourrissait de brindilles, épines, tamaris, euphorbes et autres épineux, et, quand on lui adressait la parole, il répondait : «Humph!» «Humph!», rien d'autre.

Et voilà qu'un lundi matin le cheval vint lui rendre visite, selle sur le dos et mors à la bouche, et il lui dit : «Chameau, ô chameau, viens donc trotter avec nous tous.

— Humph!» rétorqua le chameau, et le cheval s'en fut le dire à l'homme.

Puis ce fut le chien qui vint le trouver, bâton dans la gueule, en disant : «Chameau, ô chameau, viens chercher et rapporter comme nous tous.

— Humph!» répliqua le chameau, et le chien s'en fut le dire à l'homme.

Un peu plus tard, le bœuf vint à son tour, joug sur la nuque, et il lui dit : «Chameau, ô chameau, viens labourer comme nous autres.

'Humph!' said the Camel; and the Ox went away and told the Man.

At the end of the day the Man called the Horse and the Dog and the Ox together, and said, 'Three, O Three, I'm very sorry for you (with the world so new-and-all); but that Humph-thing in the Desert can't work, or he would have been here by now, so I am going to leave him alone, and you must work double-time to make up for it.'

That made the Three very angry (with the world so new-and-all), and they held a palaver, and an *indaba*, and a *punchayet*, and a pow-wow on the edge of the Desert; and the Camel came chewing milkweed *most* 'scruciating idle, and laughed at them. Then he said 'Humph!' and went away again.

Presently there came along the Djinn in charge of All Deserts, rolling in a cloud of dust (Djinns always travel that way because it is Magic), and he stopped to palaver and pow-wow with the Three.

'Djinn of All Deserts,' said the Horse, '*is* it right for any one to be idle, with the world so new-and-all?'

'Certainly not,' said the Djinn.

'Well,' said the Horse, 'there's a thing in the middle of your Howling Desert (and he's a Howler himself) with a long neck and long legs, and he hasn't done a stroke of work since Monday morning. He won't trot.'

'Whew!' said the Djinn, whistling, 'that's my Camel, for all the gold in Arabia! What does he say about it?'

'He says "Humph!"' said the Dog, 'and he won't fetch and carry.'

— Humph!» fit le chameau, et le bœuf s'en fut le dire à l'homme.

À la fin de la journée, l'homme convoqua le cheval, le chien et le bœuf, et il leur dit : «Je suis vraiment navré pour vous trois, en ce monde nouveau et tout et tout, mais ce Humph! dans le désert est incapable de travailler, sinon il aurait déjà été là, aussi je m'en vais le laisser à sa solitude, et vous devrez travailler deux fois plus à sa place.»

Ce qui, en ce monde nouveau et tout et tout, les mit tous trois fort en colère. Ils tinrent palabre, *indaba* et *punchayet*[1] en papotant à la limite du désert, et le chameau, désœuvré à mourir, vint les narguer en mâchonnant un brin d'acacia. À la suite de quoi, il fit : «Humph!» et s'en retourna.

Un peu plus tard, ils rencontrèrent le Djinn gardien de tous les déserts, se déplaçant sur un nuage de poussière (tel est toujours, par magie, le mode de locomotion des Djinns), et le Djinn fit halte pour palabrer et papoter avec eux trois.

«Djinn de tous les déserts, dit le cheval, est-il équitable que quiconque reste oisif, en ce monde nouveau et tout et tout?

— Certainement pas, répondit le Djinn.

— Eh bien, dit le cheval, il y a au beau milieu de ton Désert hurlant un individu avec un long cou et de longues pattes, Hurleur lui-même, qui n'a rien fait du tout depuis lundi matin. Il se refuse à trotter.

— Hou là! dit le Djinn en sifflotant. Il s'agit de mon chameau, par tout l'or d'Arabie. Lui, qu'en dit-il?

— Il dit : "Humph!", l'informa le chien. Et il ne veut ni chercher ni rapporter.

1. Conseils de village, en Inde.

'Does he say anything else?'

'Only "Humph!", and he won't plough,' said the Ox.

'Very good,' said the Djinn. 'I'll humph him if you will kindly wait a minute.'

The Djinn rolled himself up in his dustcloak, and took a bearing across the desert, and found the Camel most 'scruciatingly idle, looking at his own reflection in a pool of water.

'My long and bubbling friend,' said the Djinn, 'what's this I hear of your doing no work, with the world so new-and-all?'

'Humph!' said the Camel.

The Djinn sat down, with his chin in his hand, and began to think a Great Magic, while the Camel looked at his own reflection in the pool of water.

'You've given the Three extra work ever since Monday morning, all on account of your 'scruciating idleness.'

'Humph!' said the Camel.

'I shouldn't say that again if I were you,' said the Djinn; 'you might say it once too often. Bubbles, I want you to work.'

And the Camel said 'Humph!' again; but no sooner had he said it than he saw his back, that he was so proud of, puffing up and puffing up into a great big lolloping humph.

'Do you see that?' said the Djinn. 'That's your very own humph that you've brought upon your very own self by not working. To-day is Thursday, and you've done no work since Monday, when the work began. Now you are going to work.'

— Rien d'autre?

— Seulement "Humph!", et il se refuse à labourer, dit le bœuf.

— Fort bien, dit le Djinn. Si vous voulez bien m'accorder une minute, je m'en vais le "humphler"[1]. »

Le Djinn se drapa dans son manteau de poussière, prit son envol à travers le désert et trouva le chameau désœuvré à mourir, en train de contempler son propre reflet dans une flaque d'eau.

« Vieil ami faiseur de bulles, dit le Djinn, qu'est-ce que j'apprends : que tu ne fais aucun travail, en ce monde nouveau et tout et tout?

— Humph!» fit le chameau.

Le Djinn s'assit, le menton dans la main et, pendant que le chameau contemplait son propre reflet dans la flaque d'eau, il se mit à concevoir un grand tour de magie.

« Depuis lundi matin, dit le Djinn, tu as donné à ces trois-là, en raison de ton désœuvrement à mourir, du travail supplémentaire.

— Humph! fit le chameau.

— Si j'étais toi, dit le Djinn, je ne dirais pas ce mot-là une nouvelle fois : ça pourrait être une fois de trop. Faiseur de bulles, je veux que tu travailles. »

Et le chameau fit « Humph!» de nouveau. Mais il ne l'avait pas sitôt dit qu'il vit son dos, dont il était si fier, s'enfler et s'enfler encore en une énorme bosse protubérante.

« Tu vois? dit le Djinn. C'est ta propre humphlure que tu t'es mise sur le dos en ne travaillant pas. Nous sommes jeudi et tu n'as rien fait depuis lundi, quand le travail a commencé. Maintenant, tu vas aller bosser.

---

1. Jeu de mots entre le « Humph » que profère le chameau et *hump*, bosse.

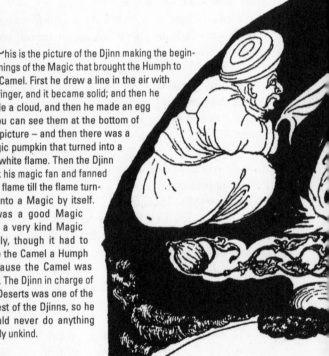

*T*his is the picture of the Djinn making the beginnings of the Magic that brought the Humph to the Camel. First he drew a line in the air with his finger, and it became solid; and then he made a cloud, and then he made an egg – you can see them at the bottom of the picture – and then there was a magic pumpkin that turned into a big white flame. Then the Djinn took his magic fan and fanned that flame till the flame turned into a Magic by itself. It was a good Magic and a very kind Magic really, though it had to give the Camel a Humph because the Camel was lazy. The Djinn in charge of All Deserts was one of the nicest of the Djinns, so he would never do anything really unkind.

*C*eci est l'image du Djinn préparant le tour de magie qui a doté le chameau de sa bosse. En premier lieu, de son doigt, il a tracé dans l'air une ligne, devenue réelle. Ensuite, il a fabriqué un nuage, puis un œuf — tu peux les voir au bas de l'image —, et à la suite une citrouille magique qui s'est transformée en une immense flamme blanche. Le Djinn a pris alors son soufflet magique et a soufflé sur cette flamme jusqu'à ce qu'elle devienne elle-même magique. C'était un excellent tour de magie et à vrai dire un tour extrêmement bienveillant, bien que son but fût d'infliger une bosse au chameau, parce qu'il était paresseux. Le Djinn gardien de tous les déserts était l'un des plus gentils parmi les Djinns, jamais il n'aurait rien fait de méchant.

*H*ere is the picture of the Djinn in charge of All Deserts guiding the Magic with his magic fan. The Camel is eating a twig of acacia, and he has just finished saying 'Humph' once too often (the Djinn told him he would), and so the Humph is coming. The long towelly-thing growing out of the thing like an onion is the Magic, and you can see the Humph on its shoulder. The Humph fits on the flat part of the Camel's back. The Camel is too busy looking at his own beautiful self in the pool of water to know what is going to happen to him.

Underneath the truly picture is a picture of the World-so-new-and-all. There are two smoky volcanoes in it, some other mountains and some stones and a lake and a black island and a twisty river and a lot of other things, as well as Noah's Ark. I couldn't draw all the deserts that the Djinn was in charge of, so I only drew one, but it is a most deserty desert.

*I*ci, le Djinn gardien de tous les déserts commande à son tour de magie grâce à son soufflet magique. Le chameau, mâchonnant un brin d'acacia, vient tout juste de dire « Humph ! » une fois de trop (ainsi que le Djinn le lui a dit), et alors la bosse apparaît. L'espèce de longue serviette émanant de l'objet qui ressemble à un oignon, c'est l'effet du tour de magie, et tu peux distinguer sur l'épaule la bosse qui s'adapte à la partie plate du dos du chameau. Celui-ci est trop occupé à s'admirer dans la flaque d'eau pour se rendre compte de ce qui lui arrive.

Au-dessous du dessin proprement dit est représenté le monde nouveau et tout et tout, avec deux volcans enfumés, quelques autres montagnes, de la pierraille, un lac, une île noire, une rivière sinueuse et un tas d'autres choses, telles que l'Arche de Noé. Je n'ai pu dessiner tous les déserts dont le Djinn avait la garde, aussi j'en ai dessiné seulement un, mais c'est un désert qui fait vraiment très désert.

'How can I,' said the Camel, 'with this humph on my back?'

'That's made a-purpose,' said the Djinn, 'all because you missed those three days. You will be able to work now for three days without eating, because you can live on your humph; and don't you ever say I never did anything for you. Come out of the Desert and go to the Three, and behave. Humph yourself!'

And the Camel humphed himself, humph and all, and went away to join the Three. And from that day to this the Camel always a wears a humph (we call it 'hump' now, not to hurt his feelings); but he has never yet caught up with the three days that he missed at the beginning of the world, and he has never yet learned how to behave.

— Comment pourrai-je, dit le chameau, avec cette humphlure sur le dos?

— C'est voulu, dit le Djinn, parce que tu as manqué durant ces trois jours. Dorénavant, tu seras capable de travailler durant trois jours sans manger, car tu pourras subsister grâce à ta bosse. Et ne va jamais dire que je n'ai rien fait pour toi. Quitte ce désert, va rejoindre les trois autres et montre-toi raisonnable. Espèce d'humphlé!»

Et le chameau tout humphlé, avec la bosse et tout, s'en alla rejoindre les trois autres. Et depuis ce jour-là jusqu'au nôtre, le chameau porte toujours une humphlure (que maintenant nous appelons bosse pour ne pas le vexer), mais jamais il n'a rattrapé ces trois jours manqués au commencement du monde, et jamais, pourtant, il n'a appris à se conduire.

The Camel's hump is an ugly lump
    Which well you may see at the Zoo;
But uglier yet is the hump we get
    From having too little to do.

Kiddies and grown-ups too-oo-oo,
If we haven't enough to do-oo-oo,
        We get the hump –
        Cameelious hump –
The hump that is black and blue!

We climb out of bed with a frouzly head
    And a snarly-yarly voice.
We shiver and scowl and we grunt and we growl
    At our bath and our boots and our toys;

And there ought to be a corner for me
(And I know there is one for you)
        When we get the hump –
        Cameelious hump –
The hump that is black and blue!

The cure for this ill is not to sit still,
    Or frowst with a book by the fire;
But to take a large hoe and a shovel also,
    And dig till you gently perspire;

And then you will find that the sun and the wind,
And the Djinn of the Garden too,
        Have lifted the hump –
        The horrible hump –
The hump that is black and blue!

I get it as well as you-oo-oo –
If I haven't enough to do-oo-oo!
        We all get the hump –
        Cameelious hump –
Kiddies and grown-ups too!

La bosse du chameau est un gros vilain tas
Que tu peux aussi bien voir au zoo,
Mais plus vilaine encore est la bosse qu'on a
Quand on manque par trop de boulot.

Enfants comme grandes personnes, ho ! ho !
Si nous n'avons pas assez à faire, ho ! ho !
Nous attrapons la bosse,
La bosse dromadaire,
La bosse qui cabosse !

De notre lit nous nous levons la tête enchifrenée
Et la voix tout embrouillée.
Nous frissonnons, grognons, grommelons, et nous plaignons
De notre bain, de nos bottines et des jouets.

Il doit y avoir un petit coin pour moi
(Je sais que toi tu en as un)
Lorsque nous attrapons la bosse,
La bosse dromadaire,
La bosse qui cabosse !

Le remède n'est pas de se tenir tranquille
Ni de se blottir près du feu en lisant,
Mais de saisir une binette et aussi une pelle,
Et de creuser jusqu'à prendre une bonne suée,

Et tu découvriras alors que c'est le soleil et le vent,
De même que le Djinn de notre jardin,
Qui ont érigé la bosse,
L'horrible bosse,
La bosse qui cabosse !

J'en aurai une comme toi, ho ! ho !
Si je n'ai pas assez à faire, ho ! ho !
Tous nous en aurons une,
Enfants comme grandes personnes,
Nous aurons tous la bosse dromadaire !

How the Rhinoceros Got His Skin

NCE upon a time, on an uninhabited island on the shores of the Red Sea, there lived a Parsee from whose hat the rays of the sun were reflected in more-than-oriental splendour. And the Parsee lived by the Red Sea with nothing but his hat and his knife and a cooking-stove of the kind that you must particularly never touch. And one day he took flour and water and currants and plums and sugar and things, and made himself one cake which was two feet across and three feet thick. It was indeed a Superior Comestible (*that's* Magic), and he put it on the stove because *he* was allowed to cook on that stove, and he baked it and he baked it till it was all done brown and smelt most sentimental. But just as he was going to eat it there came down to the beach from the Altogether Uninhabited Interior one Rhinoceros with a horn on his nose, two piggy eyes, and few manners. In those days the Rhinoceros's skin fitted him quite tight. There were no wrinkles in it anywhere. He looked exactly like a Noah's Ark Rhinoceros, but of course much bigger. All the same, he had no manners then, and

Comment le rhinocéros
changea de peau

Il était une fois, habitant une île déserte des rivages de la mer Rouge, un Parsi[1] dont la toque reflétait les rayons du soleil avec une splendeur plus qu'orientale. Ce Parsi vivait au bord de la mer Rouge sans rien d'autre que sa toque, son couteau et un fourneau à cuisiner du genre de ceux que tu ne dois surtout pas toucher, jamais. Un jour, il prit de la farine, de l'eau, des raisins secs, des pruneaux, du sucre, des choses comme ça, et il se confectionna un gâteau de deux pieds de diamètre et de trois d'épaisseur. C'était, en vérité, un Comestible Supérieur (de la magie !), qu'il déposa sur le fourneau, car sur ce fourneau il était autorisé à cuisiner, et il le fit cuire et recuire jusqu'à ce qu'il soit doré à point et que son odeur soit tout à sa convenance. Mais au moment précis où il s'apprêtait à le manger, débroula vers la plage, de l'intérieur des terres complètement inhabitées, un rhinocéros avec une corne sur le nez et deux petits yeux porcins, un rhinocéros qui manquait de manières. En ce temps-là, la peau du rhinocéros lui collait étroitement au corps, sans plis nulle part. Il ressemblait exactement à un rhinocéros de l'arche de Noé, mais bien sûr en beaucoup plus gros. De même, il manquait alors tout autant de manières, et

1. Persan adorateur du soleil (définition approximative, mais tel est le sens donné par Kipling).

he has no manners now, and he never will have any manners. He said, 'How!' and the Parsee left that cake and climbed to the top of a palm-tree with nothing on but his hat, from which the rays of the sun were always reflected in more-than-oriental splendour. And the Rhinoceros upset the oil-stove with his nose, and the cake rolled on the sand, and he spiked that cake on the horn of his nose, and he ate it, and he went away, waving his tail, to the desolate and Exclusively Uninhabited Interior which abuts on the islands of Mazanderan, Socotra, and the Promontories of the Larger Equinox. Then the Parsee came down from his palm-tree and put the stove on its legs and recited the following *Sloka*, which, as you have not heard, I will now proceed to relate: –

> *Them that takes cakes*
> *Which the Parsee-man bakes*
> *Makes dreadful mistakes.*

And there was a great deal more in that than you would think.

Because, five weeks later, there was a heat-wave in the Red Sea, and everybody took off all the clothes they had. The Parsee took off his hat; but the Rhinoceros took off his skin and carried it over his shoulder as he came down to the beach to bathe. In those days it buttoned underneath with three buttons and looked like a waterproof. He said nothing whatever about the Parsee's cake, because he had eaten it all; and he never had any manners, then, since, or henceforward. He waddled straight into the water and blew bubbles through his nose, leaving his skin on the beach.

n'en a pas maintenant davantage, ni jamais n'en aura. Le rhinocéros fit : «Hou!», et le Parsi lâcha son gâteau pour grimper tout en haut d'un palmier, sans rien d'autre que sa toque reflétant les rayons du soleil avec une splendeur plus qu'orientale. De son nez, le rhinocéros renversa le fourneau, le gâteau roula dans le sable, et dans ce gâteau il piqua sa corne, puis il le mangea et s'en fut, remuant la queue, en direction des terres désolées et complètement inhabitées qui jouxtent les îles de Mazanderan, Socotra, ainsi que les promontoires du Plus Grand Équinoxe[1]. Alors, le Parsi descendit de son palmier, remit le fourneau sur ses pieds et récita le *sloka*[2] suivant, que je te retranscris, car tu ne le connais pas :

> *Ceux qui boulottent ici*
> *Le gâteau cuit du Parsi*
> *Font une terrible boulette.*

Et cela en disait bien plus long que tu ne saurais croire.

Car, cinq semaines plus tard, il se produisit en mer Rouge une vague de chaleur, et chacun se débarrassa de tous les vêtements qu'il portait. Le Parsi ôta sa toque, le rhinocéros se défit, lui, de sa peau, qu'il jeta sur son épaule en descendant se baigner à la plage. En ce temps-là, cette peau se boutonnait par en dessous à l'aide de trois boutons, tel un imperméable. Le rhinocéros ne dit mot du gâteau du Parsi, car il l'avait mangé tout entier : jamais il n'avait eu de manières, ni alors, ni depuis, et jamais n'en aura. Il s'enfonça tout droit dans l'eau en soufflant des bulles par le nez, abandonnant sa peau sur la plage.

1. Respectivement une province de l'Iran, une île de l'océan Indien et partie d'une géographie imaginaire.
2. Voir p. 25, note 1.

Presently the Parsee came by and found the skin, and he smiled one smile that ran all round his face two times. Then he danced three times round the skin and rubbed his hands. Then he went to his camp and filled his hat with cake-crumbs, for the Parsee never ate anything but cake, and never swept out his camp. He took that skin, and he shook that skin, and he scrubbed that skin, and he rubbed that skin just as full of old, dry, stale, tickly cake-crumbs and some burned currants as ever it could *possibly* hold. Then he climbed to the top of his palm-tree and waited for the Rhinoceros to come out of the water and put it on.

And the Rhinoceros did. He buttoned it up with the three buttons, and it tickled like cake-crumbs in bed. Then he wanted to scratch, but that made it worse; and then he lay down on the sands and rolled and rolled and rolled, and every time he rolled the cake-crumbs tickled him worse and worse and worse. Then he ran to the palm-tree and rubbed and rubbed and rubbed himself against it. He rubbed so much and so hard that he rubbed his skin into a great fold over his shoulders, and another fold underneath, where the buttons used to be (but he rubbed the buttons off), and he rubbed some more folds over his legs. And it spoiled his temper, but it didn't make the least difference to the cake-crumbs. They were inside his skin and they tickled. So he went home, very angry indeed and horribly scratchy; and from that day to this every rhinoceros has great folds in his skin and a very bad temper, all on account of the cake-crumbs inside.

But the Parsee came down from his palm-tree, wearing his hat, from which the rays of the sun were reflected in more-than-oriental splendour, packed up his cooking-stove,

Le Parsi ne tarda pas à s'approcher et il trouva la peau. Il eut alors un sourire qui fit deux fois le tour de son visage, puis il tourna à trois reprises autour de la peau en dansant et en se frottant les mains. Il se rendit ensuite à son campement et emplit sa toque de miettes de gâteau, car ce Parsi ne mangeait jamais rien d'autre que du gâteau et jamais il ne balayait son campement. Il s'empara de cette peau, la secoua, la racla, la frotta et la fourra à ras bord autant qu'elle pouvait en contenir, de vieilles miettes séchées, sales, piquantes, ainsi que de quelques raisins brûlés. Puis il remonta en haut de son palmier, attendant que le rhinocéros sorte de l'eau et renfile sa peau.

Ce que fit le rhinocéros. Il la boutonna à l'aide des trois boutons, et elle le chatouilla ainsi que des miettes dans un lit. Il voulut alors se gratter, mais cela empira. Il se coucha sur le sable et s'y roula encore et encore, et à chaque fois qu'il s'y roulait, les miettes de gâteau le grattouillaient de plus belle. Il courut au palmier contre lequel il se frotta encore et encore. Il se frotta si longuement et si fort que sa peau forma un grand pli aux épaules, et un autre par en dessous, là où se trouvaient d'ordinaire les boutons (qu'il avait arrachés), et d'autres encore tout autour de ses pattes. Et cela gâta son humeur, mais sans la moindre différence pour ce qui était des miettes : il les avait sous la peau, à le démanger. De sorte qu'il repartit chez lui, très en colère, en se grattant horriblement, et c'est depuis ce jour que la peau de tous les rhinocéros forme de grands plis et qu'ils ont très mauvais caractère, tout ça à cause des miettes de gâteau sous la peau.

Quant au Parsi, il redescendit de son palmier, sa toque reflétant les rayons du soleil avec une splendeur plus qu'orientale, il remballa son fourneau

and went away in the direction of Orotavo, Amygdala, the Upland Meadows of Anantarivo, and the Marshes of Sonaput.

This Uninhabited Island
  Is off Cape Gardafui,
By the Beaches of Socotra
  And the Pink Arabian Sea:
But it's hot – too hot from Suez
  For the likes of you and me
    Ever to go
    In a P. and O.
And call on the Cake-Parsee!

et s'en alla en direction d'Orotavo, d'Amygdala, des alpages d'Anantarivo et des marais de Sonaput[1].

Au large du cap Gardafui
   Près des plages de Socotra
Et de la mer rose d'Arabie[2]
   Se trouve cette île déserte :
Mais il fait chaud, trop chaud depuis Suez
    Pour des gens comme toi et moi
       Toujours à naviguer
       Sur les lignes de P.&O.[3]
En allant visiter le Parsi au gâteau !

1. Lieux inventés, mais dont certains évoquent des lieux réels, par exemple Sonapour, en Inde.
2. La mer Rouge.
3. Peninsula and Oriental, compagnie de navigation.

*T*his is the picture of the Parsee beginning to eat his cake on the Uninhabited Island in the Red Sea on a very hot day; and of the Rhinoceros coming down from the Altogether Uninhabited Interior, which, as you can truthfully see, is all rocky. The Rhinoceros's skin is quite smooth, and the three buttons that button it up are underneath, so you can't see them. The squiggly things on the Parsee's hat are the rays of the sun reflected in more-than-oriental splendour, because if I had drawn real rays they would have filled up all the picture. The cake has currants in it; and the wheel-thing lying on the sand in front belonged to one of Pharaoh's chariots when he tried to cross the Red Sea. The Parsee found it, and kept it to play with. The Parsee's name was Pestonjee Bomonjee, and the Rhinoceros was called Strorks, because he breathed through his mouth instead of his nose. I wouldn't ask anything about the cooking-stove if *I* were you.

*S*ur cette illustration, le Parsi commence à manger son gâteau, par une très chaude journée, sur une île déserte de la mer Rouge, et le rhinocéros descend des terres complètement inhabitées de l'intérieur, où il n'y a, comme tu le vois en vrai, que de la rocaille. La peau du rhinocéros est parfaitement lisse, et les trois boutons qui la boutonnent se trouvent par en dessous, de sorte que tu ne peux pas les voir. Les gribouillis sur la toque du Parsi, ce sont les rayons du soleil qui s'y reflètent avec une splendeur plus qu'orientale, car si j'avais dessiné les véritables rayons, ils auraient rempli toute l'image. Le gâteau est fait de raisins secs, et la roue gisant sur le sable, au premier plan, est celle de l'un des chariots de Pharaon lorsqu'il a tenté de franchir la mer Rouge. C'est le Parsi qui l'a trouvée, et il l'a gardée pour jouer avec. Le nom de ce Parsi est Pestonjee Bomonjee, et celui du rhinocéros Strorks, parce qu'il respirait par la bouche et non par le nez. Si j'étais toi, je ne poserais pas de question au sujet du fourneau.

This is the Parsee Pestonjee Bomonjee sitting in his palm-tree and watching the Rhinoceros Strorks bathing near the beach of the Altogether Uninhabited Island after Strorks had taken off his skin. The Parsee has rubbed the cake-crumbs into the skin, and he is smiling to think how they will tickle Strorks when Strorks puts it on again. The skin is just under the rocks below the palm-tree in a cool place; that is why you can't see it. The Parsee is wearing a new more-than-oriental-splendour hat of the sort that Parsees wear; and he has a knife in his hand to cut his name on palm-trees. The black things on the islands out at sea are bits of ships that got wrecked going down the Red Sea; but all the passengers were saved and went home.

The black thing in the water close to the shore is not a wreck at all. It is Strorks the Rhinoceros bathing without his skin. He was just as black underneath his skin as he was outside. I wouldn't ask anything about the cooking-stove if *I* were you.

Le Parsi Pestonjee Bomonjee, installé dans son palmier, observe Strorks le rhinocéros qui, après s'être défait de sa peau, prend son bain sur la plage de cette île totalement déserte. Le Parsi a fourré cette peau de miettes de gâteau, et il a le sourire en pensant à la façon dont elles vont chatouiller Strorks quand il la remettra. La peau se trouve juste sous les rochers, au pied du palmier, dans un endroit frais : c'est pourquoi elle est hors de ta vue. Le Parsi est coiffé d'une toque neuve, à la splendeur plus qu'orientale, du genre de celle que les Parsi portent habituellement, et dans sa main il tient un couteau pour graver son nom sur les troncs de palmier. Ces monticules noirs sur les îles du large, ce sont des épaves de bateaux qui se sont échoués en descendant la mer Rouge, mais tous les passagers ont été sauvés et sont rentrés chez eux.

La tache sombre, dans l'eau, à proximité du rivage, ce n'est pas du tout une épave, mais Strorks le rhinocéros qui se baigne sans sa peau. Il était tout aussi noir en dessous de celle-ci qu'à l'extérieur. Si j'étais toi, je ne poserais pas de question au sujet du fourneau.

How the Leopard Got His Spots

N the days when everybody started fair, Best Beloved, the Leopard lived in a place called the High Veldt. 'Member it wasn't the Low Veldt, or the Bush Veldt, or the Sour Veldt, but the 'sclusively bare, hot, shiny High Veldt, where there was sand and sandy-coloured rock and 'sclusively tufts of sandy-yellowish grass. The Giraffe and the Zebra and the Eland and the Koodoo and the Hartebeest lived there; and they were 'sclusively sandy-yellow-brownish all over; but the Leopard, he was the 'sclusivest sandiest-yellowest-brownest of them all – a greyish-yellowish catty-shaped kind of beast, and he matched the 'sclusively yellowish-greyish-brownish colour of the High Veldt to one hair. This was very bad for the Giraffe and the Zebra and the rest of them; for he would lie down by a 'sclusively yellowish-greyish-brownish stone or clump of grass, and when the Giraffe or the Zebra or the Eland or the Koodoo or

Comment le léopard s'entacha

À l'époque où chacun débutait d'un même pied, mon aimée entre toutes, le léopard vivait dans une contrée du nom de Haut Veldt[1]. Dis-toi bien qu'il ne s'agissait pas du Bas Veldt, ni du Veldt de la brousse, ni de l'humide Veldt, mais de l'sclusivement désertique, brûlant, ensoleillé Haut Veldt où l'on trouvait sable, rochers couleur de sable, ainsi que, 'sclusivement, des touffes d'une herbe jaune sable. C'était là que vivaient la girafe et le zèbre, l'élan et le koodoo, ainsi que le hartebeest[2], et ils étaient 'sclusivement, uniformément, d'une couleur jaune sable et brunâtre.

Mais le léopard était entre tous, 'sclusivement, le plus jaune, le plus brunâtre et le plus couleur sable : une espèce d'animal jaunâtre, grisâtre, semblable à un chat et qui, au poil près, se confondait avec la couleur 'sclusivement grisâtre, jaunâtre et brunâtre du Haut Veldt. C'était très fâcheux pour la girafe, le zèbre et pour tous les autres, car il restait tapi contre une pierre 'sclusivement jaunâtre, grisâtre, brunâtre ou une touffe d'herbe, et quand la girafe, le zèbre, l'élan, le koodoo,

---

1. Plateau semblable à une steppe et s'étendant à travers la plus grande partie de ce qu'étaient le Basutoland, l'État libre d'Orange et le Transvaal méridional.
2. Différentes sortes d'antilopes africaines.

the Bush-Buck or the Bonte-Buck came by he would surprise them out of their jumpsome lives. He would indeed! And, also, there was an Ethiopian with bows and arrows (a 'sclusively greyish-brownish-yellowish man he was then), who lived on the High Veldt with the Leopard; and the two used to hunt together – the Ethiopian with his bows and arrows, and the Leopard 'sclusively with his teeth and claws – till the Giraffe and the Eland and the Koodoo and the Quagga and all the rest of them didn't know which way to jump, Best Beloved. They didn't indeed!

After a long time – things lived for ever so long in those days – they learned to avoid anything that looked like a Leopard or an Ethiopian; and bit by bit – the Giraffe began it, because his legs were the longest – they went away from the High Veldt. They scuttled for days and days and days till they came to a great forest, 'sclusively full of trees and bushes and stripy, speckly, patchy-blatchy shadows, and there they hid: and after another long time, what with standing half in the shade and half out of it, and what with the slippery-slidy shadows of the trees falling on them, the Giraffe grew blotchy, and the Zebra grew stripy, and the Eland and the Koodoo grew darker, with little wavy grey lines on their backs like bark on a tree trunk; and so, though you could hear them and smell them, you could very seldom see them, and then only when you knew precisely where to look. They had a

l'antilope de brousse ou le bontebok[1] passaient à proximité, d'un bond et par surprise, il leur prenait la vie. Voilà ce qu'il faisait, en vérité! Il y avait également un Éthiopien avec arcs et flèches (alors, un homme de couleur 'sclusivement jaunâtre, grisâtre, brunâtre), qui cohabitait sur le Haut Veldt avec le léopard, et tous deux avaient pour habitude de chasser ensemble, l'Éthiopien avec ses arcs et flèches, le léopard 'sclusivement avec griffes et dents, au point, ma bien-aimée, que ni la girafe, l'élan, le koodoo, le quagga[2] ni aucun des autres ne savait plus sur quel pied sauter. En vérité, ils ne le savaient pas!

Après une longue période — en ce temps-là, la durée de vie était infinie —, ils apprirent à éviter tout ce qui ressemblait à un léopard ou à un Éthiopien, et progressivement — à commencer par la girafe, car c'était elle qui avait les plus longues pattes — ils abandonnèrent le Haut Veldt pour déguerpir durant des jours et des jours, jusqu'à ce qu'ils parviennent à une vaste forêt, 'sclusivement emplie d'arbres, de taillis et d'ombres qui la zébraient, la mouchetaient, la constellaient, et ce fut là qu'ils se cachèrent. Puis après une autre longue période, soit parce qu'ils se tenaient moitié sous le couvert, moitié en dehors, soit à cause des ombres mobiles et changeantes qui tombaient sur eux du haut des arbres, la girafe devint mouchetée, le zèbre rayé, l'élan et le koodoo se foncèrent, avec sur leur dos, ainsi que sur l'écorce d'un tronc d'arbre, de petits traits gris et onduleux, de sorte que même si on pouvait les entendre et les sentir, il était rare que l'on puisse les repérer, et encore seulement quand on savait précisément où chercher. Ils connurent

1. Également une antilope d'Afrique, au pelage d'un brun rougeâtre et à tête blanche.
2. Quadrupède apparenté au zèbre, aujourd'hui en voie d'extinction.

beautiful time in the 'sclusively speckly-spickly shadows of the forest, while the Leopard and the Ethiopian ran about over the 'sclusively greyish-yellowish-reddish High Veldt outside, wondering where all their breakfasts and their dinners and their teas had gone. At last they were so hungry that they ate rats and beetles and rock-rabbits, the Leopard and the Ethiopian, and then they had the Big Tummy-ache, both together; and then they met Baviaan – the dog-headed, barking Baboon, who is Quite the Wisest Animal in All South Africa.

Said Leopard to Baviaan (and it was a very hot day), 'Where has all the game gone?'

And Baviaan winked. *He* knew.

Said the Ethiopian to Baviaan, 'Can you tell me the present habitat of the aboriginal Fauna?' (That meant just the same thing, but the Ethiopian always used long words. He was a grown-up.)

And Baviaan winked. *He* knew.

Then said Baviaan, 'The game has gone into other spots; and my advice to you, Leopard, is to go into other spots as soon as you can.'

And the Ethiopian said, 'That is all very fine, but I wish to know whither the aboriginal Fauna has migrated.'

Then said Baviaan, 'The aboriginal Fauna has joined the aboriginal Flora because it was high time for a change; and my advice to you, Ethiopian, is to change as soon as you can.'

That puzzled the Leopard and the Ethiopian, but they set off to look for the aboriginal Flora, and presently, after ever so many days, they saw

une époque magnifique parmi les ombres 'sclusivement mouchetées et piquetées de la forêt, tandis que, dans le lointain, léopard et Éthiopien parcouraient tout le Haut Veldt 'sclusivement grisâtre, jaunâtre et rougeoyant, en se demandant ce qu'étaient devenus tous leurs break-fasts, dîners et autres quatre-heures. Pour finir, ils furent tellement affamés, léopard et Éthiopien, qu'ils mangè-rent des rats, des scarabées, des lapins de roche, et attra-pèrent ainsi le grand mal de ventre, tous les deux. C'est alors qu'ils rencontrèrent Baviaan, le babouin aboyeur à tête de chien, indiscutablement l'animal le plus sage de toute l'Afrique australe.

Et le léopard questionna Baviaan (c'était par une très chaude journée) : «Où le gibier a-t-il filé ?»

Et Baviaan cligna de l'œil : lui, il savait.

Puis l'Éthiopien à Baviaan : «Peux-tu nous indiquer l'actuel habitat de la faune aborigène ?» (Cela vou-lait dire exactement la même chose, mais l'Éthiopien utilisait toujours de grands mots : c'était une grande personne.)

Et Baviaan cligna de l'œil : lui, il savait.

Il dit ensuite : «Le gibier ? A changé d'endroit, et le conseil que je te donne, à toi, léopard, c'est d'en changer aussi dès que tu le pourras.»

L'Éthiopien reprit : «Tout ça, c'est bien joli, mais j'aimerais savoir vers où a émigré la faune aborigène.»

Et Baviaan de répondre : «La faune aborigène a rejoint la flore aborigène car il était grand temps de changer, et le conseil que je te donne, à toi Éthiopien, c'est de changer aussitôt que tu le pourras.»

Cela intrigua le léopard et l'Éthiopien, qui se mirent néanmoins en quête de la flore aborigène et, après bien des jours, ils aperçurent enfin

*T*his is Wise Baviaan, the dog-headed Baboon, who is Quite the Wisest Animal in All South Africa. I have drawn him from a statue that I made up out of my own head, and I have written his name on his belt and on his shoulder and on the thing he is sitting on. I have written it in what is not called Coptic and Hieroglyphic and Cuneiformic and Bengalic and Burmic and Hebric, all because he is so wise. He is not beautiful, but he is very wise; and I should like to paint him with paint-box colours, but I am not allowed. The umbrella-ish thing about his head is his Conventional Mane.

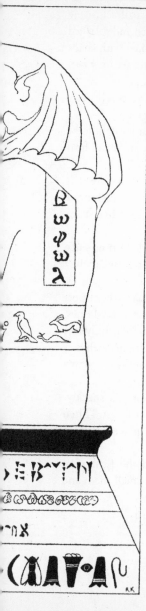

$\mathcal{V}$oici le sage Baviaan, le babouin à tête de chien, indiscutablement l'animal le plus sage de toute l'Afrique australe. Je l'ai dessiné d'après une statue sortie de ma tête à moi, et j'ai inscrit son nom sur sa ceinture, son épaule et la chose sur laquelle il est assis. Je l'ai inscrit, en ce qui ne s'appelle pas copte, hiéroglyphique, cunéiforme, bengali, birman et hébreu, le tout à cause de son extrême sagesse. Il n'est pas beau mais sage, et sage, il l'est grandement. J'aurais aimé le peindre avec les couleurs de la boîte de couleurs, mais je n'en ai pas l'autorisation. La coiffe en forme de parapluie qui entoure son crâne est sa crinière traditionnelle.

COMMENT LE LÉOPARD S'ENTACHA **63**

a great, high, tall forest full of tree trunks all 'sclusively speckled and sprottled and spottled, dotted and splashed and slashed and hatched and cross-hatched with shadows. (Say that quickly aloud, and you will see how *very* shadowy the forest must have been.)

'What is this,' said the Leopard, 'that is so 'sclusively dark, and yet so full of little pieces of light?'

'I don't know,' said the Ethiopian, 'but it ought to be the aboriginal Flora. I can smell Giraffe, and I can hear Giraffe, but I can't see Giraffe.'

'That's curious,' said the Leopard. 'I suppose it is because we have just come in out of the sunshine. I can smell Zebra, and I can hear Zebra, but I can't see Zebra.'

'Wait a bit,' said the Ethiopian. 'It's a long time since we've hunted 'em. Perhaps we've forgotten what they were like.'

'Fiddle!' said the Leopard. 'I remember them perfectly on the High Veldt, especially their marrow-bones. Giraffe is about seventeen feet high, of a 'sclusively fulvous golden-yellow from head to heel; and Zebra is about four and a half feet high, of a 'sclusively grey-fawn colour from head to heel.'

'Umm,' said the Ethiopian, looking into the speckly-spickly shadows of the aboriginal Flora-forest. 'Then they ought to show up in this dark place like ripe bananas in a smoke-house.'

But they didn't. The Leopard and the Ethiopian hunted all day; and though they could smell them and hear them, they never saw one of them.

'For goodness' sake,' said the Leopard

une vaste et haute forêt emplie de troncs d'arbres et toute 'sclusivement mouchetée, tachetée, tavelée, pointillée, constellée, balafrée, hachurée, croisillonnée par les ombres. (Dis tout cela très vite et à voix haute, et tu verras à quel point cette forêt a dû être très ombragée.)

«Qu'est ceci? dit le léopard. Si 'sclusivement sombre, et pourtant tout plein de petits points lumineux.

— Je ne sais, dit l'Éthiopien, mais ça doit être ça, la flore originelle. Je sens la girafe, j'entends la girafe, mais je ne vois pas de girafe.

— Bizarre, dit le léopard. C'est, je suppose, parce que nous venons tout juste de quitter le plein soleil. Je sens le zèbre, je l'entends, mais je ne vois pas de zèbre.

— Attends un peu, dit l'Éthiopien. Ça fait longtemps que nous les avons chassés. Peut-être avons-nous oublié à quoi ils ressemblent.

— Balivernes! dit le léopard. Je me souviens parfaitement d'eux sur le Haut Veldt, en particulier de leurs os à moelle. La girafe a environ dix-sept pieds de haut et de la tête au talon elle est 'sclusivement jaune d'or fulgineux[1]. Le zèbre, lui, mesure quatre pieds et demi et sa couleur, de la tête au sabot, est 'sclusivement d'un gris fauve.

— Hum! fit l'Éthiopien, scrutant les ombres mouchetées et piquetées de la forêt-flore aborigène. En ce cas, ils devraient ressortir en ces lieux obscurs ainsi que des bananes mûres dans une fumerie.»

Mais il n'en était rien. Léopard et Éthiopien chassèrent toute la journée et, bien qu'ils puissent les sentir et les entendre, jamais ils ne virent aucun des deux.

«Pour l'amour de la divinité, dit le léopard

---

1. Variété de jaune. Mot inventé, comme sa traduction.

at tea-time, 'let us wait till it gets dark. This daylight hunting is a perfect scandal.'

So they waited till dark, and then the Leopard heard something breathing sniffily in the starlight that fell all stripy through the branches, and he jumped at the noise, and it smelt like Zebra, and it felt like Zebra, and when he knocked it down it kicked like Zebra, but he couldn't see it. So he said, 'Be quiet, O you person without any form. I am going to sit on your head till morning, because there is something about you that I don't understand.'

Presently he heard a grunt and a crash and a scramble, and the Ethiopian called out, 'I've caught a thing that I can't see. It smells like Giraffe, and it kicks like Giraffe, but it hasn't any form.'

'Don't you trust it,' said the Leopard. 'Sit on its head till the morning – same as me. They haven't any form – any of 'em.'

So they sat down on them hard till bright morning-time, and then Leopard said, 'What have you at your end of the table, Brother?'

The Ethiopian scratched his head and said, 'It ought to be 'sclusively a rich fulvous orange-tawny from head to heel, and it ought to be Giraffe; but it is covered all over with chestnut blotches. What have you at *your* end of the table, Brother?'

And the Leopard scratched his head and said, 'It ought to be 'sclusively a delicate greyish-fawn, and it ought to be Zebra; but it is covered all over with black and purple stripes. What in the world have you been doing to yourself, Zebra? Don't you know that if you were on the High Veldt I could see you ten miles off? You haven't any form.'

à l'heure du thé, attendons qu'il fasse noir. Chasser ainsi en plein jour est proprement scandaleux. »

Ils attendirent donc qu'il fasse nuit, et ce fut ainsi qu'à la clarté des étoiles transperçant les branches de ses rais, le léopard entendit le sifflement d'une respiration. À ce bruit, il bondit : cela sentait le zèbre, avait la consistance du zèbre et, quand il le terrassa, cela rua comme un zèbre, mais il se trouva dans l'incapacité de le voir. De sorte qu'il dit : « Tiens-toi tranquille, ô toi sans apparence visible. Je vais m'asseoir sur ta tête jusqu'au matin, car il y a quelque chose chez toi que je ne saisis pas. »

Presque aussitôt, il entendit un grognement, un choc, un bruit de lutte et l'Éthiopien qui criait : « J'ai attrapé quelque chose que je n'arrive pas à voir. Ça sent la girafe, ça rue comme la girafe, mais ça n'a pas d'apparence visible.

— Ne t'y fie pas, répondit le léopard. Reste assis sur sa tête jusqu'au matin, tout comme moi. Ils n'ont pas d'apparence visible, aucun des deux. »

Ils restèrent donc assis sur eux, solidement, jusqu'à la brillante lumière de l'aube, et le léopard demanda alors : « Qu'as-tu à ton bout de table, mon frère ? »

L'Éthiopien répondit, après s'être gratté la tête : « De la tête aux talons, 'sclusivement, un riche jaune fuligineux tirant sur le roux : ça doit être la girafe, mais elle est toute recouverte de taches marron. Et toi, mon frère, qu'as-tu à ton bout de table ? »

Le léopard se gratta la tête avant de répondre : « Un délicat gris fauve, 'sclusivement : ça doit être le zèbre, mais il est tout rayé de noir et de pourpre. Que diable t'es-tu fait, zèbre ? Ne sais-tu pas que si tu étais sur le Haut Veldt, je pourrais te voir à dix milles de distance ? Tu n'as pas d'apparence visible.

'Yes,' said the Zebra, 'but this isn't the High Veldt. Can't you see?'

'I can now,' said the Leopard. 'But I couldn't all yesterday. How is it done?'

'Let us up,' said the Zebra, 'and we will show you.'

They let the Zebra and the Giraffe get up; and Zebra moved away to some little thorn-bushes where the sunlight fell all stripy, and Giraffe moved off to some tallish trees where the shadows fell all blotchy.

'Now watch,' said the Zebra and the Giraffe. 'This is the way it's done. One – two – three! And where's your breakfast?'

Leopard stared, and Ethiopian stared, but all they could see were stripy shadows and blotched shadows in the forest, but never a sign of Zebra and Giraffe. They had just walked off and hidden themselves in the shadowy forest.

'Hi! Hi!' said the Ethiopian. 'That's a trick worth learning. Take a lesson by it, Leopard. You show up in this dark place like a bar of soap in a coal-scuttle.'

'Ho! Ho!' said the Leopard. 'Would it surprise you very much to know that you show up in this dark place like a mustard-plaster on a sack of coals?'

'Well, calling names won't catch dinner,' said the Ethiopian. 'The long and the little of it is that we don't match our backgrounds. I'm going to take Baviaan's advice. He told me I ought to change; and as I've nothing to change except my skin I'm going to change that.'

'What to?' said the Leopard, tremendously excited.

— Oui, dit le zèbre, mais ici ce n'est pas le Haut Veldt. Tu ne me vois pas?

— Maintenant, je te vois, répondit le léopard, mais de tout hier, cela m'a été impossible. Comment se fait-il?

— Permettez-nous de nous relever, dit le zèbre, et nous allons vous montrer.»

Ils laissèrent le zèbre et la girafe se relever, le zèbre gagna de petits buissons d'épineux où la lumière du soleil dardait ses flèches, et la girafe des arbres de grande taille tous ponctués d'ombres.

«Maintenant, regardez bien, dirent le zèbre et la girafe. Voilà comment on fait. Un, deux, trois! Et où est votre petit déjeuner?»

Le léopard écarquilla les yeux, l'Éthiopien de même, mais sans distinguer autre chose que les stries et les taches des ombres de la forêt, sans plus aucune trace du zèbre et de la girafe qui, en quelques foulées, s'y étaient dissimulés.

«Hé! Hé! dit l'Éthiopien, voilà un tour à retenir. Prends exemple, léopard : en ces lieux obscurs, tu es aussi visible qu'un morceau de savon dans un seau à charbon.

— Ho! Ho! répliqua le léopard, cela t'étonnerait-il d'apprendre qu'en ces lieux obscurs tu es aussi voyant qu'un emplâtre sur un sac de houille?

— Bon, dit l'Éthiopien, ce n'est pas en échangeant des mots doux que nous attraperons notre repas. Le fond de l'histoire, c'est que nous ne sommes pas conformes à notre arrière-plan. Je m'en vais suivre le conseil de Baviaan : il m'a dit qu'il me fallait changer, et comme je n'ai rien d'autre à changer que ma peau, c'est d'elle que je vais changer.

— En quoi? demanda le léopard, terriblement excité.

'To a nice working blackish-brownish colour, with a little purple in it, and touches of slaty-blue. It will be the very thing for hiding in hollows and behind trees.'

So he changed his skin then and there, and the Leopard was more excited than ever; he had never seen a man change his skin before.

'But what about me?' he said, when the Ethiopian had worked his last little finger into his fine new black skin.

'You take Baviaan's advice too. He told you to go into spots.'

'So I did,' said the Leopard. 'I went into other spots as fast as I could. I went into this spot with you, and a lot of good it has done me.'

'Oh,' said the Ethiopian, 'Baviaan didn't mean spots in South Africa. He meant spots on your skin.'

'What's the use of that?' said the Leopard.

'Think of Giraffe,' said the Ethiopian. 'Or if you prefer stripes, think of Zebra. They find their spots and stripes give them perfect satisfaction.'

'Umm,' said the Leopard. 'I wouldn't look like Zebra – not for ever so.'

'Well, make up your mind,' said the Ethiopian, 'because I'd hate to go hunting without you, but I must if you insist on looking like a sun-flower against a tarred fence.'

'I'll take spots, then,' said the Leopard; 'but don't make 'em too vulgar-big. I wouldn't look like Giraffe – not for ever so.'

'I'll make 'em with the tips of my fingers,' said the Ethiopian. 'There's plenty of black left on my skin still. Stand over!'

— En une jolie couleur bleu foncé, résistante, avec un soupçon de violet et quelques touches bleu ardoise, exactement ce qu'il faut pour me cacher dans des trous ou derrière des arbres. »

Et de changer de peau incontinent, tandis que le léopard était toujours plus excité : jamais auparavant il n'avait vu un homme changer de peau.

« Et moi ? » demanda-t-il, après que l'Éthiopien eut enfilé son dernier petit doigt dans sa belle et nouvelle peau noire.

« Baviaan t'a donné un conseil, à toi aussi : il t'a dit de changer d'endroit.

— C'est ce que j'ai fait, dit le léopard. J'ai changé d'endroit aussi vite que j'ai pu. Je suis venu dans cet endroit-ci avec toi, et ce me fut très bénéfique.

— Oh ! rétorqua l'Éthiopien, Baviaan ne parlait pas d'endroits en Afrique australe, mais de l'endroit de ta peau.

— Pour quoi faire ? demanda le léopard.

— Pense à la girafe, expliqua l'Éthiopien. Ou si tu préfères les rayures, pense au zèbre. Ils trouvent que leurs taches et rayures leur donnent entière satisfaction.

— Hum ! objecta le léopard, je ne voudrais pas ressembler à un zèbre, sempiternellement.

— Eh bien, fais ton choix, dit l'Éthiopien, car je détesterais aller à la chasse sans toi, mais je le devrai si tu persistes à ressembler à un tournesol contre une clôture goudronnée.

— En ce cas, je choisis les taches, décida le léopard, mais ne me les fais pas trop grandes : c'est vulgaire. Je ne voudrais pas ressembler à la girafe, sempiternellement.

— Je vais les faire du bout de mes doigts, dit l'Éthiopien. Il reste plein de noir sur ma peau. Viens ici ! »

Then the Ethiopian put his five fingers close together (there was plenty of black left on his new skin still) and pressed them all over the Leopard, and wherever the five fingers touched they left five little black marks, all close together. You can see them on any Leopard's skin you like, Best Beloved. Sometimes the fingers slipped and the marks got a little blurred; but if you look closely at any Leopard now you will see that there are always five spots – off five fat black finger-tips.

'Now you *are* a beauty!' said the Ethiopian. 'You can lie out on the bare ground and look like a heap of pebbles. You can lie out on the naked rocks and look like a piece of pudding-stone. You can lie out on a leafy branch and look like sunshine sifting through the leaves; and you can lie right across the centre of a path and look like nothing in particular. Think of that and purr!'

'But if I'm all this,' said the Leopard, 'why didn't you go spotty too?'

'Oh, plain black's best for a nigger,' said the Ethiopian. 'Now come along and we'll see if we can't get even with Mr One-Two-Three-Where's-your-Breakfast!'

So they went away and lived happily ever afterward, Best Beloved. That is all.

Oh, now and then you will hear grown-ups say, 'Can the Ethiopian change his skin or the Leopard his spots?' I don't think even grown-ups

L'Éthiopien assembla alors ses cinq doigts (il restait encore plein de noir sur sa nouvelle peau), il les appuya partout sur le léopard et, à chaque endroit où les cinq doigts s'imprimaient, ils laissaient cinq petites marques noires, toutes proches les unes des autres. Tu peux les voir à ta guise, ma bien-aimée, sur la peau de n'importe quel léopard. Parfois, les doigts ont glissé, brouillant quelque peu les marques, mais si tu observes de près n'importe quel léopard, aujourd'hui, tu verras que ces marques vont toujours par cinq, provenant de l'extrémité de cinq gros doigts noirs.

«Te voilà maintenant très en beauté, dit l'Éthiopien. Tu peux t'allonger à même le sol et passer pour un tas de cailloux. Tu peux te coucher sur les rochers nus et paraître un morceau de poudingue[1]. Tu peux t'étirer le long d'une branche feuillue et te confondre avec la lumière du soleil filtrant à travers les feuilles, et tu peux t'aplatir au beau milieu du chemin sans ressembler à quoi que ce soit de particulier. Pense à ça et fais ronron !

— Mais si je suis tout ça, dit le léopard, pourquoi n'as-tu pas choisi les taches, toi aussi ?

— Oh ! le noir intégral, c'est mieux pour un nègre, dit l'Éthiopien. Maintenant, allons voir si nous pouvons venir à bout de M. Un-deux-trois-où-est-votre-petit-déjeuner !»

Ils y allèrent, mon aimée, et vécurent à jamais heureux par la suite. Point final.

Oh ! de temps en temps, tu entendras dire à des grandes personnes : «Est-ce possible, ce changement de peau de l'Éthiopien[2] ou ces taches pour le léopard ?» Je ne pense pas que même de grandes personnes

1. Roche composite faite de galets moulés de silice.
2. *Can the Ethiopian…* Jérémie, XIII, 23.

would keep on saying such a silly thing if the Leopard and the Ethiopian hadn't done it once – do you? But they will never do it again, Best Beloved. They are quite contented as they are.

I am the Most Wise Baviaan, saying in most wise tones,
'Let us melt into the landscape – just us two by our lones.'
People have come – in a carriage – calling. But Mummy is there…
Yes, I can go if you take me – Nurse says *she* don't care.
Let's go up to the pig-sties and sit on the farmyard rails!
Let's say things to the bunnies, and watch 'em skitter their tails!
Let's – oh, *anything*, daddy, so long as it's you and me,
And going truly exploring, and not being in till tea!
Here's your boots (I've brought 'em), and here's your cap and stick,
And here's your pipe and tobacco. Oh, come along out of it – quick!

persisteraient à dire une telle sottise si le léopard et l'Éthiopien ne l'avaient pas fait une fois, n'est-ce pas ? Mais ils ne recommenceront jamais, mon adorée, étant tout à fait contents de ce qu'ils sont.

C'est moi le très sage Baviaan, disant du ton le plus sage :
« Mêlons-nous au paysage, nous deux seuls à l'écart des nôtres ».
Des visiteurs sont arrivés, en carriole. Mais maman est là…
Oui, je puis venir si tu m'emmènes : Nounou dit que ça lui est égal.
Allons voir les étables à cochons et nous asseoir sur la barrière,
     dans la cour de la ferme !
Allons dire des choses aux petits lapins, et les regarder remuer leur
     queue !
Allons… Oh ! papa, n'importe quoi, pourvu que je sois avec toi,
En allant vraiment à la découverte, sans rentrer avant l'heure du thé !
Voici tes bottines : je les ai apportées, et aussi ta casquette et ta
     canne,
Voici ta pipe et ton tabac. Oh ! partons d'ici. Vite !

*T*his is the picture of the Leopard and Ethiopian after they had taken Wise Baviaan's advice and the Leopard had gone into other spots and the Ethiopian had changed his skin. The Ethiopian was really a negro, and so his name was Sambo. The Leopard was called Spots, and he has been called Spots ever since. They are out hunting in the spickly-speckly forest, and they are looking for Mr One-Two-Three-Where's-your-Breakfast. If you look a little you will see Mr One-Two-Three not far away. The Ethiopian has hidden behind a splotchy-blotchy tree because it matches his skin, and the Leopard is lying beside a spickly-speckly bank of stones because it matches his spots. Mr One-Two-Three-Where's-your-Breakfast is standing up eating leaves from a tall tree. This is really a puzzle-picture like 'Find-the-Cat.'

*I*ci, on voit le léopard et l'Éthiopien après qu'ils eurent pris conseil du sage Baviaan : le léopard a revêtu de nouvelles taches et l'Éthiopien changé de peau. À vrai dire, l'Éthiopien était de race noire, en conséquence de quoi il se nommait Sambo. Le léopard s'appelait Moucheté, et tel a été son nom depuis lors. Ils sont en chasse dans la forêt tavelée et piquetée, à la recherche de M. Un-deux-trois-où-est-votre-petit-déjeuner. Si tu regardes bien, tu verras que M. Un-deux-trois-où-est-votre-petit-déjeuner ne se situe pas très loin. L'Éthiopien s'est caché derrière un arbre tacheté et marbré parce qu'il est assorti à sa peau, et le léopard est couché le long d'une rangée de pierres mouchetées et piquetées parce qu'elles sont en harmonie avec ses taches. M. Un-deux-trois-où-est-votre-petit-déjeuner s'est mis debout pour manger les feuilles d'un grand arbre. En réalité, ceci est une devinette illustrée du genre « Trouvez le chat ».

The Elephant's Child

N the High and Far-Off Times the Elephant, O Best Beloved, had no trunk. He had only a blackish, bulgy nose, as big as a boot, that he could wriggle about from side to side; but he couldn't pick up things with it. But there was one Elephant – a new Elephant – an Elephant's Child – who was full of 'satiable curtiosity, and that means he asked ever so many questions. *And* he lived in Africa, and he filled all Africa with his 'satiable curtiosities. He asked his tall aunt, the Ostrich, why her tail-feathers grew just so, and his tall aunt the Ostrich spanked him with her hard, hard claw. He asked his tall uncle, the Giraffe, what made his skin spotty, and his tall uncle, the Giraffe, spanked him with his hard, hard hoof. And still he was full of 'satiable curtiosity! He asked his broad aunt, the Hippopotamus, why her eyes were red, and his broad aunt, the Hippopotamus, spanked him with her broad, broad hoof; and he asked his hairy uncle, the Baboon, why melons tasted just so, and his hairy uncle, the Baboon, spanked him with his hairy, hairy paw. And *still* he was full of 'satiable curtiosity!

L'enfant d'éléphant

En des temps très anciens, ô toi que j'aime par-dessus tout, l'éléphant ne possédait pas de trompe, mais seulement un nez charbonneux, protubérant, de la taille d'une bottine, un nez qu'il pouvait remuer d'un côté et de l'autre, mais sans pouvoir rien attraper. Or, il y en avait un, d'éléphant — un éléphant récent, un enfant d'éléphant — plein d'une 'satiable curtiosité[1], ce qui veut dire qu'il n'arrêtait pas de poser des questions. Habitant l'Afrique, il emplissait l'Afrique entière de ses 'satiables curiosités. Il demandait à sa tante de haute taille, l'autruche, pourquoi il lui poussait ainsi des plumes sur la queue, et sa tante de haute taille, l'autruche, le giflait de sa patte très, très griffue. Il interrogeait sa tante de haute taille, la girafe, sur les taches qui constellaient sa peau, et sa tante de haute taille, la girafe, lui expédiait un coup de son dur, très dur sabot. Il demandait à son volumineux tonton, l'hippopotame, pourquoi il avait les yeux rouges, et son volumineux tonton, l'hippopotame, lui répondait par un coup de sa volumineuse, très volumineuse patte. Il questionnait son oncle tout poilu, le babouin, sur le goût qu'avaient les melons, et son oncle tout poilu, le babouin, le souffletait de sa patte poilue, très poilue. Et pourtant il était plein d'une 'satiable curtiosité!

1. Néologisme de fantaisie de l'auteur.

He asked questions about everything that he saw, or heard, or felt, or smelt, or touched, and all his uncles and his aunts spanked him. And still he was full of 'satiable curtiosity!

One fine morning in the middle of the Precession of the Equinoxes this 'satiable Elephant's Child asked a new fine question that he had never asked before. He asked, 'What does the Crocodile have for dinner?' Then everybody said, 'Hush!' in a loud and dretful tone, but they spanked him immediately and directly, without stopping, for a long time.

By and by, when that was finished, he came upon Kolokolo Bird sitting in the middle of a wait-a-bit thornbush, and he said, 'My father has spanked me, and my mother has spanked me; all my aunts and uncles have spanked me for my 'satiable curtiosity; and *still* I want to know what the Crocodile has for dinner!'

Then Kolokolo Bird said, with a mournful cry, 'Go to the banks of the great grey-green, greasy Limpopo River, all set about with fever-trees, and find out.'

That very next morning, when there was nothing left of the Equinoxes, because the Precession had preceded according to precedent, this 'satiable Elephant's Child took a hundred pounds of bananas (the little short red kind), and a hundred pounds of sugar-cane (the long purple kind), and seventeen melons (the greeny-crackly kind), and said to all his dear families, 'Good-bye. I am going to the great grey-green, greasy Limpopo River, all set about with fever-trees,

Il posait des questions sur tout ce qu'il voyait, entendait, ressentait ou tripotait, et tous ses oncles et tantes de le corriger. Pourtant il était plein d'une 'satiable curtiosité!

Un beau matin, en plein milieu de la précession[1] des équinoxes, ce 'satiable enfant d'éléphant posa une nouvelle magnifique question qu'auparavant il n'avait jamais posée. Il demanda : « Qu'est-ce que le crocodile mange à dîner ? » Tous firent « Chut! » à pleine voix, d'un ton apeuré, et de lui flanquer sur-le-champ, très fort et sans arrêter d'un long moment, une nouvelle correction.

Un peu plus tard, quand ce fut terminé, il rencontra l'oiseau Kolokolo perché au centre d'un épineux « Attends-un-peu-que-je-te-morde[2] », et il dit : « Mon père m'a corrigé, ma mère aussi, de même que mes oncles et tantes pour ma 'satiable curtiosité, et pourtant je veux savoir ce que le crocodile mange à dîner! »

L'oiseau Kolokolo répondit alors, sur un ton lamentable : « Va-t'en sur les rives du grand fleuve vert et gris, le boueux Limpopo[3], tout bordé d'arbres à fièvre, et tu le sauras. »

Dès le matin suivant, alors qu'il ne subsistait rien des équinoxes, car la précession les avait comme à chaque fois précédés, le 'satiable enfant d'éléphant se chargea d'une centaine de livres de bananes (les petites courtes et rouges), d'une autre centaine de livres de canne à sucre (la longue et pourpre), ainsi que de dix-sept melons (de l'espèce verte et craquante), et il dit à toute sa bien-aimée parentèle : « Au revoir! Je pars pour le grand fleuve vert et gris, le boueux Limpopo, tout bordé d'arbres à fièvre,

---

1. Succession de faits déterminée par calcul.
2. Buisson propre à l'Afrique australe, ainsi appelé à cause de l'effet dissuasif de ses fortes épines.
3. Le Limpopo, ou Crocodile, est long d'environ un millier de milles. Proche du Zambèze, c'est le plus long fleuve d'Afrique à se jeter dans l'océan Indien.

to find out what the Crocodile has for dinner.' And they all spanked him once more for luck, though he asked them most politely to stop.

Then he went away, a little warm, but not at all astonished, eating melons, and throwing the rind about, because he could not pick it up.

He went from Graham's Town to Kimberley, and from Kimberley to Khama's Country, and from Khama's Country he went east by north, eating melons all the time, till at last he came to the banks of the great grey-green, greasy Limpopo River, all set about with fever-trees, precisely as Kolokolo Bird had said.

Now you must know and understand, O Best Beloved, that till that very week, and day, and hour, and minute, this 'satiable Elephant's Child had never seen a Crocodile, and did not know what one was like. It was all his 'satiable curtiosity.

The first thing that he found was a Bi-Coloured-Python-Rock-Snake curled round a rock.

''Scuse me,' said the Elephant's Child most politely, 'but have you seen such a thing as a Crocodile in these promiscuous parts?'

'*Have* I seen a Crocodile?' said the Bi-Coloured-Python-Rock-Snake, in a voice of dretful scorn. 'What will you ask me next?'

''Scuse me,' said the Elephant's Child, 'but could you kindly tell me what he has for dinner?'

pour découvrir ce que le crocodile mange à dîner. » Et pour lui souhaiter bonne chance, tous lui flanquèrent une nouvelle raclée, bien qu'il leur eût demandé, avec la plus extrême politesse, de s'en abstenir.

Il partit donc, quelque peu échaudé, mais pas surpris outre mesure, en mangeant les melons, et en jetant leur écorce ici et là, faute de pouvoir la ramasser.

Il alla de la ville de Graham à Kimberley, et de Kimberley au territoire de Khama[1], puis du territoire de Khama il mit cap au nord-est, mangeant tout le temps des melons, jusqu'à ce qu'il atteigne enfin les rives du grand fleuve Limpopo, vert et gris, boueux, et tout bordé d'arbres à fièvre, exactement comme l'avait dit l'oiseau Kolokolo.

Il te faut savoir maintenant, et comprendre, ma bien-aimée, que jusqu'à cette semaine-là, jusqu'à cette date, cette heure, cette minute-là, ce 'satiable enfant d'éléphant n'avait jamais vu de crocodile, et ne savait à quoi ça ressemblait. Telle était toute sa 'satiable curiosité.

La première créature qu'il rencontra, ce fut un serpent python de roche à deux couleurs enroulé autour d'un rocher.

« Excusez-moi, dit avec une extrême politesse l'enfant d'éléphant, mais avez-vous vu en ces parages quelque chose ressemblant à un crocodile ?

— Si j'ai vu un crocodile ? répondit le serpent python de roche à deux couleurs, d'une voix où perçaient crainte et mépris. Qu'allez-vous me demander encore ?

— Excusez-moi, dit l'enfant d'éléphant, mais auriez-vous l'amabilité de me dire ce qu'il mange à dîner ? »

1. Khama était le chef des Bamangwato, la plus vaste et la plus importante tribu du Botswana.

Then the Bi-Coloured-Python-Rock-Snake uncoiled himself very quickly from the rock, and spanked the Elephant's Child with his scalesome, flailsome tail.

'That is odd,' said the Elephant's Child, 'because my father and my mother, and my uncle and my aunt, not to mention my other aunt, the Hippopotamus, and my other uncle, the Baboon, have all spanked me for my 'satiable curtiosity – and I suppose this is the same thing.'

So he said good-bye very politely to the Bi-Coloured-Python-Rock-Snake, and helped to coil him up on the rock again, and went on, a little warm, but not at all astonished, eating melons, and throwing the rind about, because he could not pick it up, till he trod on what he thought was a log of wood at the very edge of the great grey-green, greasy Limpopo River, all set about with fever-trees.

But it was really the Crocodile, O Best Beloved, and the Crocodile winked one eye – like this!

''Scuse me,' said the Elephant's Child most politely, 'but do you happen to have seen a Crocodile in these promiscuous parts?'

Then the Crocodile winked the other eye, and lifted half his tail out of the mud; and the Elephant's Child stepped back most politely, because he did not wish to be spanked again.

'Come hither, Little One,' said the Crocodile. 'Why do you ask such things?'

''Scuse me,' said the Elephant's Child most politely, 'but my father has spanked me, my mother has spanked me, not to mention my tall aunt, the Ostrich, and my tall uncle, the Giraffe, who can kick ever so hard, as well as my broad aunt, the Hippopotamus, and my hairy uncle, the Baboon,

Alors le serpent python de roche à deux couleurs se dévida à toute vitesse de son rocher et, usant de sa queue d'écailles comme d'un fléau, gifla l'enfant d'éléphant.

« C'est drôle, remarqua celui-ci, parce que mon père et ma mère, ainsi que mon oncle et ma tante, sans parler de mon tonton l'hippopotame, ni de mon autre oncle, le babouin, tous m'ont corrigé pour ma 'satiable curtiosité. Et ici, c'est pareil, je crois bien. »

Aussi, il dit très poliment au revoir au serpent python de roche à deux couleurs, l'aida à s'enrouler de nouveau autour de son rocher, puis s'en alla, quelque peu échaudé mais pas outre mesure étonné, tout en mangeant les melons dont il jetait l'écorce ici et là faute de pouvoir la ramasser. Et pour finir, sur la rive même du fleuve Limpopo, vert, gris, boueux, et tout bordé d'arbres à fièvre, il posa le pied sur ce qu'il prit pour un rondin.

Or, en réalité, c'était le crocodile, ô ma bien-aimée, et le crocodile ouvrit un œil, comme ça !

« Excusez-moi, dit l'enfant éléphant avec une extrême politesse, mais vous est-il arrivé de voir un crocodile en ces parages ? »

Alors, le crocodile ouvrit l'autre œil, en soulevant à moitié sa queue hors de la fange, et l'enfant d'éléphant fit très poliment un pas en arrière, car il ne souhaitait pas se faire corriger une nouvelle fois.

« Approche, petit, dit le crocodile. Pourquoi poses-tu de telles questions ?

— Excusez-moi, répondit l'enfant éléphant avec la plus extrême politesse, mais mon père m'a battu, ma mère aussi, sans parler de ma tante de haute taille l'autruche, de ma tante de haute taille la girafe, qui a le sabot toujours tellement dur, ainsi que de mon volumineux tonton, l'hippopotame, et de mon oncle tout poilu, le babouin,

and including the Bi-Coloured-Python-Rock-Snake, with the scalesome, flailsome tail, just up the bank, who spanks harder than any of them; and *so*, if it's quite all the same to you, I don't want to be spanked any more.'

'Come hither, Little One,' said the Crocodile, 'for I am the Crocodile,' and he wept crocodile-tears to show it was quite true.

Then the Elephant's Child grew all breathless, and panted, and kneeled down on the bank and said, 'You are the very person I have been looking for all these long days. Will you please tell me what you have for dinner?'

'Come hither, Little One,' said the Crocodile, 'and I'll whisper.'

Then the Elephant's Child put his head down close to the Crocodile's musky, tusky mouth, and the Crocodile caught him by his little nose, which up to that very week, day, hour, and minute, had been no bigger than a boot, though much more useful.

'I think,' said the Crocodile – and he said it between his teeth, like this – 'I think to-day I will begin with Elephant's Child!'

At this, O Best Beloved, the Elephant's Child was much annoyed, and he said, speaking through his nose, like this, 'Led go! You are hurtig be!'

Then the Bi-Coloured-Python-Rock-Snake scuffled down from the bank and said, 'My young friend, if you do not now, immediately and instantly, pull as hard as ever you can, it is my opinion that your acquaintance in the large-pattern leather ulster' (and by this he meant the Crocodile)

sans omettre là-bas sur la rive le serpent python de roche à deux couleurs avec sa queue d'écailles semblable à un fléau et cognant plus fort qu'aucun des autres. Alors, s'il en est de même avec vous, je ne tiens pas à être corrigé davantage.

— Viens ici, petit, dit le crocodile, car c'est moi, le crocodile », et de verser, pour prouver qu'il disait vrai, des larmes de crocodile.

L'enfant d'éléphant en eut le souffle coupé. Tout pantelant, il s'agenouilla alors sur la berge et dit : «Vous êtes celui-là même que j'ai cherché durant toutes ces longues journées. Vous plaira-t-il de me dire ce que vous mangez à dîner ?

— Approche, petit, dit le crocodile, et je vais te le dire à l'oreille. »

Alors l'enfant d'éléphant approcha sa tête tout près de la gueule à grandes dents et à odeur musquée du crocodile, et le crocodile le happa par son petit nez dont la taille, jusqu'à cette semaine-là, ce jour-là, cette heure-là, cette minute-là, n'avait jamais été plus importante que celle d'une bottine, quoique beaucoup plus utile.

«M'est avis, dit le crocodile — et il dit cela entre ses dents, comme ceci —, m'est avis qu'aujourd'hui je m'en vais commencer par un enfant d'éléphant. »

Ce à quoi l'enfant d'éléphant, bien embêté, répliqua en parlant du nez, comme ceci : «Laiffez-moi ! Bous be faites bal ! »

Ce fut alors que le serpent python de roche à deux couleurs rampa jusqu'à la rive en disant : «Mon jeune ami, si maintenant, immédiatement, et instantanément, vous ne tirez pas aussi fort qu'il fut jamais dans vos capacités, il est de mon avis que votre acoquinement avec cet ulster tout en cuir (en quoi il désignait le crocodile)

'will jerk you into yonder limpid stream before you can say Jack Robinson.'

This is the way Bi-Coloured-Python-Rock-Snakes always talk.

Then the Elephant's Child sat back on his little haunches, and pulled, and pulled, and pulled, and his nose began to stretch. And the Crocodile floundered into the water, making it all creamy with great sweeps of his tail, and *he* pulled, and pulled, and pulled.

And the Elephant's Child's nose kept on stretching; and the Elephant's Child spread all his little four legs and pulled, and pulled, and pulled, and his nose kept on stretching; and the Crocodile threshed his tail like an oar, and *he* pulled, and pulled, and pulled, and at each pull the Elephant's Child's nose grew longer and longer – and it hurt him hijjus!

Then the Elephant's Child felt his legs slipping, and he said through his nose, which was now nearly five feet long, 'This is too butch for be!'

Then the Bi-Coloured-Python-Rock-Snake came down from the bank, and knotted himself in a double-clove-hitch round the Elephant's Child's hind-legs, and said, 'Rash and inexperienced traveller, we will now seriously devote ourselves to a little high tension, because if we do not, it is my impression that yonder self-propelling man-of-war with the armour-plated upper deck' (and by this, O Best Beloved, he meant the Crocodile) 'will permanently vitiate your future career.'

That is the way all Bi-Coloured-Python-Rock-Snakes always talk.

va vous entraîner dans des profondeurs limpides avant que vous puissiez en appeler à Jack Robinson.»

Telle est la façon dont toujours s'expriment les serpents pythons de roche à deux couleurs.

Alors l'enfant d'éléphant prit appui sur ses petites hanches, et il tira, tira, tira encore pendant que son nez commençait à s'allonger. Et le crocodile s'immergea, troublant l'eau du violent balayage de sa queue, et lui aussi tirait, tirait, et tirait encore.

Et le nez de l'enfant d'éléphant continuait de s'allonger, alors que, arqué sur ses quatre petites pattes, il tirait, tirait, et tirait encore, et que le crocodile battait de sa queue comme d'une rame, en tirant, tirant encore et, chaque fois qu'il tirait, le nez de l'enfant d'éléphant devenait très, très long, en lui faisant très très mal !

Alors l'enfant d'éléphant sentit ses jambes lui manquer, et il dit en parlant du nez, ce nez qui mesurait maintenant presque cinq pieds de long : «Z'en est trop bour boi !»

Alors, le serpent python de roche à deux couleurs dégringola de la rive pour venir se nouer d'une double demi-clé[1] autour des pattes arrière de l'enfant d'éléphant, et il dit : «Téméraire et inexpérimenté voyageur, nous allons maintenant nous consacrer sérieusement à une légère surtension car, si nous ne le faisons pas, mon impression est que ce foudre de guerre avec son armure d'écailles au pont supérieur (par là, mon adorée, il désignait le crocodile) va compromettre durablement votre future carrière.»

Telle est la façon dont toujours s'expriment les serpents pythons de roche à deux couleurs.

1. Type de nœud.

So he pulled, and the Elephant's Child pulled, and the Crocodile pulled; but the Elephant's Child and the Bi-Coloured-Python-Rock-Snake pulled hardest; and at last the Crocodile let go off the Elephant's Child's nose with a plop that you could hear all up and down the Limpopo.

Then the Elephant's Child sat down most hard and sudden; but first he was careful to say 'Thank you' to the Bi-Coloured-Python-Rock-Snake; and next he was kind to his poor pulled nose, and wrapped it all up in cool banana leaves, and hung it in the great grey-green, greasy Limpopo to cool.

'What are you doing that for?' said the Bi-Coloured-Python-Rock-Snake.

''Scuse me,' said the Elephant's Child, 'but my nose is badly out of shape, and I am waiting for it to shrink.'

'Then you will have to wait a long time,' said the Bi-Coloured-Python-Rock-Snake. 'Some people do not know what is good for them.'

The Elephant's Child sat there for three days waiting for his nose to shrink. But it never grew any shorter, and, besides, it made him squint. For, O Best Beloved, you will see and understand that the Crocodile had pulled it out into a really truly trunk same as all Elephants have to-day.

At the end of the third day a fly came and stung him on the shoulder, and before he knew what he was doing he lifted up his trunk and hit that fly dead with the end of it.

''Vantage number one!' said the Bi-Coloured-Python-Rock-Snake. 'You couldn't have done that

Il tira donc, et l'enfant d'éléphant tirait, et le crocodile aussi, mais c'étaient l'enfant d'éléphant et le serpent python de roche à deux couleurs qui tiraient le plus fort, et pour finir le crocodile lâcha le nez de l'enfant d'éléphant avec un plop! que l'on entendit d'amont en aval du Limpopo.

L'enfant d'éléphant tomba sur son séant, tout secoué, mais d'abord il tint à remercier le serpent python de roche à deux couleurs. Puis il s'occupa de son pauvre nez étiré, en l'enveloppant tout entier dans de fraîches feuilles de bananier, puis en le plongeant pour le refroidir dans le grand Limpopo, gris, vert et boueux.

«Pourquoi faites-vous cela? lui demanda le serpent python de roche à deux couleurs.

— Excusez-moi, répondit l'enfant d'éléphant, mais mon nez est salement amoché, et j'attends qu'il rétrécisse.

— Alors, vous allez attendre longtemps, dit le serpent python de roche à deux couleurs. Il y a des gens qui ne savent pas ce qui est bon pour eux.»

Trois jours durant, l'enfant d'éléphant resta assis là, attendant que son nez rapetisse, mais jamais il ne redevint plus court et, en plus, il le faisait loucher. En effet, mon amour chéri, tu vas t'apercevoir et comprendre qu'en l'étirant le crocodile en avait bel et bien fait une véritable trompe, celle que tous les éléphants ont de nos jours.

À la fin du troisième jour, une mouche s'en vint piquer l'enfant d'éléphant à l'épaule et, avant de savoir ce qu'il était en train de faire, il souleva sa trompe et de l'extrémité de celle-ci trucida la mouche.

«'Vantage numéro un! dit le serpent python de roche à deux couleurs. Vous n'auriez pu faire cela

with a mere-smear nose. Try and eat a little now.'

Before he thought what he was doing the Elephant's Child put out his trunk and plucked a large bundle of grass, dusted it clean against his fore-legs, and stuffed it into his own mouth.

''Vantage number two!' said the Bi-Coloured-Python-Rock-Snake. 'You couldn't have done that with a mere-smear nose. Don't you think the sun is very hot here?'

'It is,' said the Elephant's Child, and before he thought what he was doing he schlooped up a schloop of mud from the banks of the great grey-green, greasy Limpopo, and slapped it on his head, where it made a cool schloopy-sloshy mud-cap all trickly behind his ears.

''Vantage number three!' said the Bi-Coloured-Python-Rock-Snake. 'You couldn't have done that with a mere-smear nose. Now how do you feel about being spanked again?'

''Scuse me,' said the Elephant's Child, 'but I should not like it at all.'

'How would you like to spank somebody?' said the Bi-Coloured-Python-Rock-Snake.

'I should like it very much indeed,' said the Elephant's Child.

'Well,' said the Bi-Coloured-Python-Rock-Snake, 'you will find that new nose of yours very useful to spank people with.'

'Thank you,' said the Elephant's Child, 'I'll remember that; and now I think I'll go home to all my dear families and try.'

avec un nez destiné seulement à moucher. Essayez de manger un peu, maintenant. »

Sans avoir pensé à ce qu'il faisait, l'enfant d'éléphant déploya sa trompe, et prélevant une grosse touffe d'herbe qu'il épousseta contre ses pattes de devant, il l'enfourna dans sa bouche.

« 'Vantage numéro deux ! dit le serpent python de roche à deux couleurs. Vous n'auriez pu faire cela avec un nez destiné seulement à moucher. Ne trouvez-vous pas que le soleil est très chaud, par ici ?

— En effet », répondit l'enfant d'éléphant et, sans avoir réfléchi à ce qu'il faisait, il se trouva à pomper des berges du Limpopo gris, vert et boueux, une pelletée de boue qu'il s'appliqua sur la tête, formant derrière ses oreilles un casque de fraîcheur tout dégouttant et dégoulinant.

« 'Vantage numéro trois ! dit le serpent python de roche à deux couleurs. Vous n'auriez pu faire cela avec un nez destiné seulement à moucher. Et maintenant, que diriez-vous de vous faire à nouveau corriger ?

— Excusez-moi, répondit l'enfant d'éléphant, mais je n'aimerais pas ça du tout.

— Et corriger vous-même quelqu'un, ça vous irait ? demanda le serpent python de roche à deux couleurs.

— Ça me plairait beaucoup, en vérité, avoua l'enfant d'éléphant.

— Bien, dit le serpent python de roche à deux couleurs, vous allez découvrir que ce nez tout nouveau qui est vôtre est très utile pour corriger autrui.

— Merci, répondit l'enfant d'éléphant, je me le rappellerai. Maintenant je crois que je vais rentrer à la maison pour retrouver tous mes chers parents et en faire l'essai. »

So the Elephant's Child went home across Africa frisking and whisking his trunk. When he wanted fruit to eat he pulled fruit down from a tree, instead of waiting for it to fall as he used to do. When he wanted grass he plucked grass up from the ground, instead of going on his knees as he used to do.

When the flies bit him he broke off the branch of a tree and used it as a fly-whisk; and he made himself a new, cool, slushy-squashy mud-cap whenever the sun was hot. When he felt lonely walking through Africa he sang to himself down his trunk, and the noise was louder than several brass bands. He went especially out of his way to find a broad Hippopotamus (she was no relation of his), and he spanked her very hard, to make sure that the Bi-Coloured-Python-Rock-Snake had spoken the truth about his new trunk. The rest of the time he picked up the melon rinds that he had dropped on his way to the Limpopo – for he was a Tidy Pachyderm.

One dark evening he came back to all his dear families, and he coiled up his trunk and said, 'How do you do?' They were very glad to see him, and immediately said, 'Come here and be spanked for your 'satiable curtiosity.'

'Pooh,' said the Elephant's Child. 'I don't think you peoples know anything about spanking; but *I* do, and I'll show you.'

Then he uncurled his trunk and knocked two of his dear brothers head over heels.

C'est ainsi que l'enfant d'éléphant rentra chez lui, tout folâtre et balançant sa trompe tout à travers l'Afrique. Lorsqu'il désirait manger un fruit, il le faisait choir de l'arbre, au lieu d'attendre qu'il tombe ainsi qu'il le faisait avant. Lorsqu'il voulait de l'herbe, il l'arrachait de terre, au lieu de se mettre à genoux comme d'habitude.

Lorsque les mouches le piquaient, il coupait une branche d'arbre et s'en servait en guise de chasse-mouches. Et chaque fois que le soleil chauffait, il se faisait un nouveau casque de boue bien frais, tout dégouttant et dégoulinant. Lorsqu'il se sentait seul, au cours de ce trajet à travers l'Afrique, il se chantait à lui-même une chanson, par le truchement de sa trompe, et le son en était plus fort que celui de plusieurs orchestres de cuivre. Il fit un détour à seule fin de rencontrer un gros hippopotame, qu'il ne connaissait pas du tout, et de lui flanquer une bonne raclée, histoire de vérifier si le serpent python de roche à deux couleurs avait bien dit la vérité au sujet de sa nouvelle trompe. Le reste du temps, il ramassait les écorces qu'il avait jetées le long de sa route vers le Limpopo, car c'était un pachyderme soigneux.

Par une obscure soirée, il retrouva tous ses chers parents et il leur dit, trompe dressée : « Comment allez-vous ? » Très heureux de le revoir, ils dirent aussitôt : « Viens ici, que l'on te corrige pour ta 'satiable curtiosité.

— Peuh ! dit l'enfant d'éléphant. Je ne crois pas que vous vous y connaissiez, vous autres, en matière de correction. Moi, je m'y connais, et je vais vous le démontrer. »

Il déroula alors sa trompe et envoya cul par-dessus tête deux de ses frères bien-aimés.

'O Bananas!' said they, 'where did you learn that trick, and what have you done to your nose?'

'I got a new one from the Crocodile on the banks of the great grey-green, greasy Limpopo River,' said the Elephant's child. 'I asked him what he had for dinner, and he gave me this to keep.'

'It looks very ugly,' said his hairy uncle, the Baboon.

'It does,' said the Elephant's Child. 'But it's very useful,' and he picked up his hairy uncle, the Baboon, by one hairy leg, and hove him into a hornet's nest.

Then that bad Elephant's Child spanked all his dear families for a long time, till they were very warm and greatly astonished. He pulled out his tall Ostrich aunt's tail-feathers; and he caught his tall uncle, the Giraffe, by the hind leg, and dragged him through a thorn-bush; and he shouted at his broad aunt, the Hippopotamus, and blew bubbles into her ear when she was sleeping in the water after meals; but he never let any one touch Kolokolo Bird.

At last things grew so exciting that his dear families went off one by one in a hurry to the banks of the great grey-green, greasy Limpopo River, all set about with fever-trees, to borrow new noses from the Crocodile. When they came back nobody spanked anybody any more; and ever since that day, O Best Beloved, all the Elephants you will ever see, besides all those that you won't, have trunks precisely like the trunk of the 'satiable Elephant's Child.

«Nom d'une banane! s'exclamèrent-ils. Où as-tu appris ce truc-là, et qu'as-tu fait à ton nez?

— C'est le crocodile qui m'en a gratifié d'un nouveau sur les berges du grand fleuve Limpopo, tout vert, gris et boueux, dit l'enfant d'éléphant. Je lui ai demandé ce qu'il mangeait à dîner, et il m'a fait ce cadeau.

— Il est très laid, dit son oncle tout poilu, le babouin.

— Exact, dit l'enfant d'éléphant. Mais il est très utile», et empoignant son oncle tout poilu, le babouin, par une de ses pattes poilues, il l'expédia dans un nid de frelons.

Par la suite et durant un long moment, ce terrible enfant d'éléphant donna la correction à toute sa chère parentèle, tant et si bien que celle-ci se trouva très échaudée et grandement étonnée. De la queue de sa tante de haute taille, l'autruche, il arracha les plumes. Il prit sa tante de haute taille, la girafe, par les pattes de derrière et la traîna à travers un buisson d'épineux. Il héla son volumineux tonton, l'hippopotame, et lui souffla des bulles dans l'oreille alors qu'il dormait dans l'eau après manger. Mais jamais il ne permit à quiconque de s'en prendre à l'oiseau Kolokolo.

À la fin, l'affaire devint tellement excitante que sa chère parentèle se rendit en toute hâte, à la queue leu leu, sur les berges du grand fleuve Limpopo, gris et vert, et boueux, tout bordé d'arbres à fièvre, pour se faire changer le nez par le crocodile. Lorsqu'ils furent de retour, nul ne chercha plus à corriger quiconque, et c'est depuis ce jour-là, mon enfant adorée, que tous les éléphants que tu verras jamais, en plus de tous ceux que tu ne verras pas, portent une trompe exactement semblable à celle de l'enfant d'éléphant.

I keep six honest serving-men
    (They taught me all I knew);
Their names are What and Why and When
    And How and Where and Who.
I send them over land and sea,
    I send them east and west;
But after they have worked for me,
    I give them all a rest.

I let them rest from nine till five,
    For I am busy then,
As well as breakfast, lunch, and tea,
    For they are hungry men:
But different folk have different views;
    I know a person small –
She keeps ten million serving-men,
    Who get no rest at all!
She sends 'em abroad on her own affairs,
    From the second she opens her eyes –
One million Hows, two million Wheres,
    And seven million Whys!

J'ai six fidèles serviteurs,
	Qui m'ont appris tout ce que je connais,
Ils ont pour noms Quoi, Pourquoi et Quand,
	Et Comment, Où et Qui.
Je les envoie sur terre et sur mer,
	Je les envoie d'est en ouest,
Mais une fois qu'ils ont œuvré pour moi,
	Je leur accorde à tous quelque repos.

Je les laisse au repos de neuf heures à cinq heures,
	Car j'ai alors à faire,
Et aussi pour le breakfast, le déjeuner et le thé,
	Car ils ont grand appétit.
Mais à gens différents différents points de vue :
	Je sais une personne à l'esprit étroit,
Ayant dix millions de serviteurs,
	Qui ne bénéficient d'aucun repos !
Elle les envoie à l'étranger pour ses propres affaires,
	Dès la seconde où elle ouvre les yeux,
Un million de Comment, deux millions d'Où,
	Et sept millions de Pourquoi !

*T*his is the Elephant's Child having his nose pulled by the Crocodile. He is much surprised and astonished and hurt, and he is talking through his nose and saying, 'Led go! You are hurting be!' He is pulling very hard, and so is the Crocodile; but the Bi-Coloured-Python-Rock-Snake is hurrying through the water to help the Elephant's Child. All that black stuff is the banks of the great grey-green, greasy Limpopo River (but I am not allowed to paint these pictures), and the bottly-tree with the twisty roots and the eight leaves is one of the fever-trees that grow there.

Underneath the truly picture are shadows of African animals walking into an African ark. There are two lions, two ostriches, two oxen, two camels, two sheep, and two other things that look like rats, but I think they are rock-rabbits. They don't mean anything. I put them in because I thought they looked pretty. They would look very fine if I were allowed to paint them.

*I*ci, le crocodile tire sur le nez de l'enfant d'éléphant. Celui-ci est très étonné, il a mal, et il parle du nez en disant : « Laiffez-moi ! Bous be faites bal ! » Il tire très fort, de même que le crocodile, mais le serpent python de roche à deux couleurs se précipite dans l'eau pour lui venir en aide. Tout ce remplissage en noir, ce sont les berges du grand fleuve Limpopo, vert et gris, et boueux (mais je n'ai pas l'autorisation de colorier ces images), et l'arbre en forme de bouteille avec ses racines tordues et ses huit feuilles, c'est l'un des arbres à fièvre qui poussent là.

Au bas de l'illustration proprement dite, les ombres d'animaux africains grimpent dans une arche africaine. On y voit deux lions, deux autruches, une paire de bœufs, deux chameaux, deux moutons et deux autres bestiaux ressemblant à des rats, mais, d'après moi, ce sont des lapins de roche. Ils n'ont aucune signification. Je les ai mis là parce que j'ai pensé que ça faisait joli. Ils auraient très belle allure si on m'avait autorisé à les peindre.

101

*T*his is just a picture of the Elephant's Child going to pull bananas off a banana-tree after he had got his fine new long trunk. I don't think it is a very nice picture; but I couldn't make it any better, because elephants and bananas are hard to draw. The streaky things behind the Elephant's Child mean squoggy marshy country somewhere in Africa. The Elephant's Child made most of his mud-cakes out of the mud that he found there. I think it would look better if you painted the banana-tree green and the Elephant's Child red.

*C*eci n'est que le portrait de l'enfant d'éléphant s'apprêtant à cueillir des bananes sur un bananier après que lui eut poussé sa nouvelle belle et longue trompe. Je ne pense pas que ce soit un portrait très réussi, mais je n'ai pu faire mieux, car éléphants et bananes sont difficiles à dessiner. Les striures au-delà de l'enfant d'éléphant sont censées représenter une contrée marécageuse quelque part en Afrique. C'est avec la boue trouvée là que l'enfant d'éléphant a confectionné la plupart de ses pâtés de boue. Je crois que ce serait bien plus joli si tu coloriais le bananier en vert et en rouge l'enfant d'éléphant.

The Sing-Song of
Old Man Kangaroo

NOT always was the Kangaroo as now we do behold him, but a Different Animal with four short legs. He was grey and he was woolly, and his pride was inordinate: he danced on an outcrop in the middle of Australia, and he went to the Little God Nqa.

He went to Nqa at six before breakfast, saying, 'Make me different from all other animals by five this afternoon.'

Up jumped Nqa from his seat on the sand-flat and shouted, 'Go away!'

He was grey and he was woolly, and his pride was inordinate: he danced on a rock-ledge in the middle of Australia, and he went to the Middle God Nquing.

He went to Nquing at eight after breakfast, saying, 'Make me different from all other animals; make me, also, wonderfully popular by five this afternoon.'

Up jumped Nquing from his burrow in the spinifex and shouted, 'Go away!'

He was grey and he was woolly, and his pride was inordinate: he danced on a sandbank in the middle of Australia, and he went to the Big God Nqong.

La rengaine
du bon vieux kangourou

Il n'a pas toujours été tel que nous le voyons aujourd'hui, ce kangourou, mais un animal tout autre à quatre courtes pattes. Il était gris, crépu, et d'un orgueil peu commun. Ayant dansé sur un piton du cœur de l'Australie, à six heures, *ante breakfast*, il invoqua le dieu mineur Nqa et lui dit : « Fais-moi différent de tous les autres animaux, avant cinq heures cet après-midi. »

Nqa bondit de son siège sur le sol sablonneux en criant : « Dégage ! »

Il était gris, crépu, et d'un orgueil peu commun. Après avoir dansé sur un éperon rocheux au cœur de l'Australie, il invoqua le dieu moyen Nquing.

Il l'invoqua à huit heures, *post breakfast*, et lui dit : « Fais-moi différent de tous les autres animaux, et que je sois, en outre, avant cinq heures cet après-midi, merveilleusement populaire. »

De son terrier parmi le spinifex[1], Nquing surgit en criant : « Dégage ! »

Il était gris, crépu, et d'un orgueil peu commun. Après avoir dansé sur une langue de sable au cœur de l'Australie, il invoqua le dieu majeur Nqong.

1. Herbe australienne à piquants.

He went to Nqong at ten before dinner-time, saying, 'Make me different from all other animals; make me popular and wonderfully run after by five this afternoon.'

Up jumped Nqong from his bath in the salt-pan and shouted, 'Yes, I will!'

Nqong called Dingo – Yellow-Dog Dingo – always hungry, dusty in the sunshine, and showed him Kangaroo. Nqong said, 'Dingo! Wake up, Dingo! Do you see that gentleman dancing on an ashpit? He wants to be popular and very truly run after. Dingo, make him so!'

Up jumped Dingo – Yellow-Dog Dingo – and said, 'What, *that* cat-rabbit?'

Off ran Dingo – Yellow-Dog Dingo – always hungry, grinning like a coal-scuttle, – ran after Kangaroo.

Off went the proud Kangaroo on his four little legs like a bunny.

This, O Beloved of mine, ends the first part of the tale!

Il invoqua Nqong à dix heures, avant son déjeuner, et dit :

« Fais-moi différent de tous les autres animaux, avant cinq heures cet après-midi, et aussi rends-moi populaire, qu'on me coure merveilleusement après. »

De son bain dans le bassin d'eau salée, émergea Nqong qui s'écria : « Certes, je le ferai. »

Nqong convoqua Dingo — Dingo Chien Jaune[1] — perpétuellement affamé, et tout poussiéreux au soleil, et il lui montra Kangourou en disant : « Dingo ! Réveille-toi, Dingo ! Tu vois ce gentleman qui danse sur un tas de sable ? Il veut être populaire et qu'on lui coure après. Dingo, exauce-le !

— Quoi ! Ce chat-lapin ? » fit Dingo en bondissant — Dingo Chien Jaune.

Et Dingo — Dingo Chien Jaune, toujours affamé et gueule béante, un vrai seau à charbon — de courir après Kangourou. Et l'orgueilleux Kangourou de filer sur ses quatre courtes pattes tel un lapin.

Ici se termine, mienne chérie, la première partie de cette histoire !

1. Le dingo australien a l'aspect d'un renard.

*T*his is a picture of Old Man Kangaroo when he was the Different Animal with four short legs. I have drawn him grey and woolly, and you can see that he is very proud because he has a wreath of flowers in his hair. He is dancing on an outcrop (that means a ledge of rock) in the middle of Australia at six o'clock before breakfast. You can see that it is six o'clock, because the sun is just getting up. The thing with the ears and the open mouth is Little God Nqa. Nqa is very much surprised, because he has never seen a Kangaroo dance like that before. Little God Nqa is just saying, 'Go away,' but the Kangaroo is so busy dancing that he has not heard him yet.

The Kangaroo hasn't any real name except Boomer. He lost it because he was so proud.

*C*eci est le portrait de ce bon vieux kangourou quand il était un tout autre animal, à quatre courtes pattes. Je l'ai dessiné gris et crépu, et tu peux constater, à la guirlande de fleurs ornant son poil, qu'il est très orgueilleux. Il se trouve à danser sur un piton, une plate-forme rocheuse, au cœur de l'Australie à six heures *ante breakfast*. Tu peux voir qu'il est six heures au soleil juste en train de se lever. Le personnage aux oreilles et à la bouche bée est le dieu mineur Nqa. Nqa est très étonné, car auparavant jamais il n'a vu un kangourou danser ainsi. Nqa est en train de dire « Dégage ! », mais le kangourou est tellement occupé à danser qu'il ne l'a pas encore entendu.

Le kangourou n'a pas vraiment de nom à lui, si ce n'est celui de Petit Sauteur. Il l'a perdu à cause de son trop d'orgueil.

He ran through the desert; he ran through the mountains; he ran through the salt-pans; he ran through the reed-beds; he ran through the blue gums; he ran through the spinifex; he ran till his front legs ached.

He had to!

Still ran Dingo – Yellow-Dog Dingo – always hungry, grinning like a rat-trap, never getting nearer, never getting farther, – ran after Kangaroo.

He had to!

Still ran Kangaroo – Old Man Kangaroo.

He ran through the ti-trees; he ran through the mulga; he ran through the long grass; he ran through the short grass; he ran through the Tropics of Capricorn and Cancer; he ran till his hind legs ached.

He had to!

Still ran Dingo – Yellow-Dog Dingo – hungrier and hungrier, grinning like a horse-collar, never getting nearer, never getting farther; and they came to the Wollgong River.

Now, there wasn't any bridge, and there wasn't any ferry-boat, and Kangaroo didn't know how to get over; so he stood on his legs and hopped.

He had to!

He hopped through the Flinders; he hopped through the Cinders; he hopped through the deserts in the middle of Australia. He hopped like a Kangaroo.

Il courut à travers le désert, par les montagnes, par les étendues d'eau salée, il courut par les roselières, et sous les gommiers bleus, au travers du spinifex. Il courut jusqu'à avoir mal à ses pattes de devant.

Bien obligé!

De même courut Dingo après Kangourou — Dingo Chien Jaune —, toujours affamé, et gueule béante, un vrai piège à rats, sans jamais gagner ni perdre de terrain.

Bien obligé!

Et toujours courait Kangourou — ce bon vieux kangourou.

Il courait à travers les arbres à thé[1], par la mulga[2], fendait les hautes herbes, les basses. Il croisa toujours courant les tropiques du Cancer et du Capricorne. Il courut jusqu'à avoir mal à ses pattes arrière.

Bien obligé!

Et toujours courait Dingo — Dingo Chien Jaune —, de plus en plus affamé, et retroussant ses babines tel un cheval sous son licou, sans jamais gagner ni perdre de terrain. Et c'est ainsi qu'ils parvinrent au fleuve Wollgong[3].

Or, il n'existait aucun pont, et pas davantage de ferry-boat. Kangourou ne savait comment traverser. Alors, il prit appui sur ses pattes et sauta.

Bien obligé!

Il sauta par-dessus les Flinders, les Cinders, par-dessus les déserts du cœur de l'Australie. Il sauta à la manière d'un kangourou.

1. Nom polynésien de certains arbres aux racines comestibles.
2. Nom australien d'un environnement buissonneux.
3. Fleuve imaginaire.

First he hopped one yard; then he hopped three yards; then he hopped five yards; his legs growing stronger; his legs growing longer. He hadn't any time for rest or refreshment, and he wanted them very much.

Still ran Dingo – Yellow-Dog Dingo – very much bewildered, very much hungry, and wondering what in the world or out of it made Old Man Kangaroo hop.

For he hopped like a cricket; like a pea in a saucepan; or a new rubber ball on a nursery floor.

He had to!

He tucked up his front legs; he hopped on his hind legs; he stuck out his tail for a balance-weight behind him; and he hopped through the Darling Downs.

He had to!

Still ran Dingo – Tired-Dog Dingo – hungrier and hungrier, very much bewildered, and wondering when in the world or out of it would Old Man Kangaroo stop.

Then came Nqong from his bath in the salt-pans, and said, 'It's five o'clock.'

Down sat Dingo – Poor-Dog Dingo – always hungry, dusty in the sunshine; hung out his tongue and howled.

Down sat Kangaroo – Old Man Kangaroo – stuck out his tail like a milking-stool behind him, and said, 'Thank goodness *that's* finished!'

Un mètre pour commencer, puis trois, puis cinq. Ses pattes se renforcèrent, ses pattes s'allongèrent. Il n'avait eu le temps ni de se reposer, ni de se rafraîchir, ce qui lui manquait énormément.

Et toujours courait Dingo — Dingo Chien Jaune —, très désorienté, très affamé, se demandant ce qui en ce monde ou ailleurs faisait rebondir le bon vieux kangourou.

Car il rebondissait tel un criquet, tel un petit pois dans une casserole, ou une balle de caoutchouc toute neuve sur le plancher d'une nursery.

Bien obligé!

Ramenant ses pattes de devant et prenant appui sur ses pattes arrière, après avoir étalé sa queue derrière lui en guise de contrepoids, il sauta par-dessus les dunes de Darling[1].

Bien obligé!

Et Dingo courait encore — un Dingo chien épuisé —, de plus en plus affamé et décontenancé, se demandant ce qui en ce monde ou ailleurs ferait s'arrêter le bon vieux kangourou.

Ce fut alors que Nqong émergea de son bain dans le bassin d'eau salée, en annonçant : «Cinq heures.»

Et Dingo — ce pauvre chien de Dingo — de tomber assis, toujours affamé, toujours poussiéreux au soleil, et tirant la langue avant de se mettre à glapir.

Et Kangourou — ce bon vieux kangourou — de s'asseoir lui aussi sur sa queue après l'avoir repliée en forme de tabouret pour la traite, et de dire : «Grâce aux dieux, c'en est fini.

---

1. Plaine du Queensland austral.

This is the picture of Old Man Kangaroo at five in the afternoon, when he had got his beautiful hind legs just as Big God Nqong had promised. You can see that it is five o'clock, because Big God Nqong's pet tame clock says so. That is Nqong, in his bath, sticking his feet out. Old Man Kangaroo is being rude to Yellow-Dog Dingo. Yellow-Dog Dingo has been trying to catch Kangaroo all across Australia. You can see the marks of Kangaroo's big new feet running ever so far back over the bare hills. Yellow-Dog Dingo is drawn black, because I am not allowed to paint these pictures with real colours out of the paint-box; and besides, Yellow-Dog Dingo got dreadfully black and dusty after running through the Flinders and the Cinders.

I don't know the names of the flowers growing round Nqong's bath. The two little squatty things out in the desert are the other two gods that Old Man Kangaroo spoke to early in the morning. That thing with the letters on it is Old Man Kangaroo's pouch. He had to have a pouch just as he had to have legs.

*S*ur cette image, on voit notre bon vieux kangourou à cinq heures de l'après-midi après qu'il lui eut poussé ses magnifiques pattes arrière, exactement comme l'avait prévu le dieu majeur Nqong. Tu vois qu'il est cinq heures à ce qu'indique la pendule d'appartement du dieu majeur Nqong. Et là, c'est Nqong dans son bain, pointant les pieds hors de l'eau. Ce bon vieux kangourou donne bien du mal à Dingo Chien Jaune, qui a essayé de l'attraper tout à travers l'Australie. Tu peux voir les traces des grandes nouvelles pattes du kangourou en train de courir, toujours plus au large, par les collines désertiques. Dingo Chien Jaune est dessiné en noir car je ne suis pas autorisé à illustrer ces images avec de vraies couleurs de la boîte de couleurs. De plus, Dingo Chien Jaune s'était horriblement sali et empoussiéré après sa course par les Flinders[1] et les Cinders.

Je ne connais pas le nom des fleurs poussant autour de la baignoire de Nqong. Les deux petits personnages accroupis tout au fond, dans le désert, ce sont les deux autres dieux avec lesquels ce bon vieux kangourou s'était entretenu tôt le matin. L'objet portant une inscription, c'est la poche ventrale de notre bon vieux kangourou. Il lui fallait une poche ventrale tout comme il lui fallait des pattes.

---

1. Nom commun à un fleuve, une chaîne de montagnes, une île, un récif, une baie et un comté, baptisés ainsi du nom de Matthew Flinders (1774-1814), officier de marine anglais qui faisait le cabotage tout autour de l'Australie et dressa la carte du golfe de Carpentarie.

Then said Nqong, who is always a gentleman, 'Why aren't you grateful to Yellow-Dog Dingo? Why don't you thank him for all he has done for you?'

Then said Kangaroo – Tired Old Kangaroo – 'He's chased me out of the homes of my childhood; he's chased me out of my regular meal-times; he's altered my shape so I'll never get it back; and he's played Old Scratch with my legs.'

Then said Nqong, 'Perhaps I'm mistaken, but didn't you ask me to make you different from all other animals, as well as to make you very truly sought after? And now it is five o'clock.'

'Yes,' said Kangaroo. 'I wish that I hadn't. I thought you would do it by charms and incantations, but this is a practical joke.'

'Joke!' said Nqong, from his bath in the blue gums. 'Say that again and I'll whistle up Dingo and run your hind legs off.'

'No,' said the Kangaroo. 'I must apologise. Legs are legs, and you needn't alter 'em so far as I am concerned. I only meant to explain to Your Lordliness that I've had nothing to eat since morning, and I'm very empty indeed.'

— Pourquoi n'es-tu pas reconnaissant envers Dingo Chien Jaune? dit alors Nqong, qui se comporte toujours en gentleman. Pourquoi ne pas le remercier de tout ce qu'il a fait pour toi?»

Kangourou répondit — ce bon vieux kangourou bien fatigué : «Il m'a chassé des lieux de mon enfance, il a chamboulé mes heures de repas, il a changé mon physique, que je ne retrouverai jamais. Quant à mes pattes, il les a transformées en un jeu de quilles.»

Réponse de Nqong : «Je me trompe peut-être, mais ne m'as-tu pas prié de te rendre différent de tous les autres animaux, et aussi de faire que l'on te coure après, pour de vrai? Or, voilà qu'il est cinq heures.

— Oui, dit Kangourou, je voudrais ne pas l'avoir demandé. J'ai cru que tu userais de charmes et d'incantations, mais ceci est un sale tour!

— Un tour! s'écria Nqong depuis son bain sous les gommiers bleus. Si tu dis ça encore une fois, je siffle Dingo et te rogne tes pattes arrière.

— Non, répondit Kangourou, je dois m'excuser. Les pattes, ce sont des pattes et, pour autant que je suis concerné, tu n'as pas besoin de les rectifier. Mon intention était seulement d'exposer à Ta Seigneurie que je n'ai rien eu à manger depuis ce matin, et que je ressens véritablement un grand creux.

'Yes,' said Dingo – Yellow-Dog Dingo, – 'I am just in the same situation. I've made him different from all other animals; but what may I have for my tea?'

Then said Nqong from his bath in the salt-pan, 'Come and ask me about it to-morrow, because I'm going to wash.'

So they were left in the middle of Australia, Old Man Kangaroo and Yellow-Dog Dingo, and each said, 'That's *your* fault.'

— Oui, ajouta Dingo — Dingo Chien Jaune. Je suis exactement dans le même cas. Je l'ai rendu différent de tous les autres animaux, mais que puis-je avoir pour mon quatre-heures ?»

Et Nqong de répondre depuis son bain dans le bassin d'eau salée : «Venez me demander ça demain, parce que je vais à ma toilette.»

Et ce fut ainsi qu'il les abandonna, ce bon vieux kangourou et Dingo Chien Jaune, en plein cœur de l'Australie, et chacun d'eux disait à l'autre : «C'est ta faute à toi!»

This is the mouth-filling song
Of the race that was run by a Boomer,
Run in a single burst – only event of its kind –
Started by Big God Nqong from Warrigaborrigarooma,
Old Man Kangaroo first: Yellow-Dog Dingo behind.

Kangaroo bounded away,
His back-legs working like pistons –
Bounded from morning till dark,
Twenty-five feet to a bound.
Yellow-Dog Dingo lay
Like a yellow cloud in the distance –
Much too busy to bark.
My! but they covered the ground!

Nobody knows where they went,
Or followed the track that they flew in,
For that Continent
Hadn't been given a name.
They ran thirty degrees,
From Torres Straits to the Leeuwin
(Look at the Atlas, please),
And they ran back as they came.

S'posing you could trot
From Adelaide to the Pacific,
For an afternoon's run –
Half what these gentlemen did –
You would feel rather hot,
But your legs would develop terrific –
Yes, my importunate son,
You'd be a Marvellous Kid!

Voici à pleine voix la rengaine
Accompagnant la course d'un Petit Sauteur,
Course d'un seul élan, unique dans son genre,
Initiée par le dieu majeur Nqong de Warrigaborrigarooma :
Ce bon vieux kangourou en tête, et Dingo Chien Jaune derrière.

Le kangourou bondit fort loin,
Ses pattes arrière agissant en pistons,
Il bondit du matin jusqu'au soir,
De vingt-cinq pieds à chaque bond,
Dingo Chien Jaune traîne à distance,
Tel un nuage de même couleur,
Ayant bien trop à faire pour aboyer.
Mais quel terrain ne couvrent-ils pas !

Nul ne sait où ils allèrent,
Nul n'a suivi la trace qu'ils laissèrent,
Car à ce continent-là
On n'avait pas donné de nom.
Ils coururent sur trente degrés,
Du détroit de Torrès à celui de Leeuwin
(Consulte ton Atlas, s'il te plaît),
Et s'en revinrent en courant comme ils étaient venus.

En supposant que tu aies pu trotter
Depuis la terre Adélaïde jusques au Pacifique,
Le tout en une après-midi —
La moitié de ce qu'ont parcouru ces gentlemen —,
Tu te sentirais plutôt échauffé,
Mais tes jambes auraient énormément forci.
Eh oui, mon enquiquineur de fils,
Tu serais un garçon extraordinaire !

The Beginning
of the Armadillos

HIS, O Best Beloved, is another story of the High and Far-Off Times. In the very middle of those times was a Stickly-Prickly Hedgehog, and he lived on the banks of the turbid Amazon, eating shelly snails and things. And he had a friend, a Slow-Solid Tortoise, who lived on the banks of the turbid Amazon, eating green lettuces and things. And so *that* was all right, Best Beloved. Do you see?

But also, and at the same time, in those High and Far-Off Times, there was a Painted Jaguar, and he lived on the banks of the turbid Amazon too; and he ate everything that he could catch. When he could not catch deer or monkeys he would eat frogs and beetles; and when he could not catch frogs and beetles he went to his Mother Jaguar, and she told him how to eat hedgehogs and tortoises.

She said to him ever so many times, graciously waving her tail, 'My son, when you find a Hedgehog you must drop him into the water and then he will uncoil, and when you catch a Tortoise you must scoop him out of his shell with your paw.' And so that was all right, Best Beloved.

One beautiful night on the banks of the turbid Amazon, Painted Jaguar found Stickly-Prickly Hedgehog

De l'origine
des tatous

Voici, ô toi que j'aime plus que tout, une autre histoire des temps immémoriaux. Au beau milieu de ces
temps-là, vivait sur les rives du turbide Amazone un
hérisson, Pique Dur, qui mangeait colimaçons enco-
quillés et des choses dans ce genre-là. Il avait pour amie,
vivant sur les rives du turbide Amazone, une tortue,
Ventrue Pas Pressée, qui mangeait laitue verte et autres
choses du même genre. Tout allait donc pour le mieux,
vois-tu, mon aimée ?

Mais, à la même époque de ces temps immémoriaux,
vivait aussi, sur les rives du turbide Amazone, Jaguar
Moucheté, qui mangeait tout ce qu'il pouvait attraper.
Quand il ne pouvait attraper ni cerfs ni singes, il mangeait grenouilles et scarabées, et quand il ne pouvait
attraper ni grenouilles ni scarabées, il s'en allait trouver sa Mère Jaguar, qui lui apprenait comment manger
hérissons et tortues.

Elle ne cessait de lui répéter, avec un gracieux mouvement de sa queue : « Fils, lorsque tu trouves un hérisson,
il te faut le plonger dans l'eau, où il se déploie et, quand
tu attrapes une tortue, tu dois, en te servant de ta patte
comme d'une cuiller, l'extirper de sa coquille. » Et c'est
ainsi, ma bien-aimée, que tout allait pour le mieux.

Par une belle nuit, sur les rives du turbide Amazone,
Jaguar Moucheté trouva Hérisson Pique Dur

and Slow-Solid Tortoise sitting under the trunk of a fallen tree. They could not run away, and so Stickly-Prickly curled himself up into a ball, because he was a Hedgehog, and Slow-Solid Tortoise drew in his head and feet into his shell as far as they would go, because he was a Tortoise; and so *that* was all right, Best Beloved. Do you see?

'Now attend to me,' said Painted Jaguar, 'because this is very important. My mother said that when I meet a Hedgehog I am to drop him into the water and then he will uncoil, and when I meet a Tortoise I am to scoop him out of his shell with my paw. Now which of you is Hedgehog and which is Tortoise? because, to save my spots, I can't tell.'

'Are you sure of what your Mummy told you?' said Stickly-Prickly Hedgehog. 'Are you quite sure? Perhaps she said that when you uncoil a Tortoise you must shell him out of the water with a scoop, and when you paw a Hedgehog you must drop him on the shell.'

'Are you sure of what your Mummy told you?' said Slow-and-Solid Tortoise. 'Are you quite sure? Perhaps she said that when you water a Hedgehog you must drop him into your paw, and when you meet a Tortoise you must shell him till he uncoils.'

'I don't think it was at all like that,' said Painted Jaguar, but he felt a little puzzled; 'but, please, say it again more distinctly.'

'When you scoop water with your paw you uncoil it with a Hedgehog,' said Stickly-Prickly. 'Remember that, because it's important.'

'*But*,' said the Tortoise, 'when you paw your meat you drop it into a Tortoise with a scoop. Why can't you understand?'

et Ventrue Pas Pressée installés sous le tronc d'un arbre abattu. Dans l'impossibilité de fuir, Pique Dur se roula en boule, parce que c'était un hérisson, et Ventrue Pas Pressée, parce que c'était une tortue, rentra tête et pattes dans sa coquille, autant qu'elle le pouvait, et ainsi, vois-tu ma chérie, tout allait pour le mieux.

« Maintenant, écoutez-moi, dit Jaguar Moucheté, parce que ceci est très important. Ma mère a dit que lorsque je rencontre un hérisson, je dois le jeter à l'eau, et qu'alors il se déploie. Et quand je rencontre une tortue, il me faut, en me servant de ma patte comme d'une cuiller, l'extirper de sa coquille. À présent, lequel de vous deux est le hérisson et lequel la tortue ? Car, pitié pour mes mouchetures, je suis incapable de le dire.

— Es-tu certain de ce que t'a dit ta maman ? interrogea Pique Dur le hérisson. Tout à fait sûr ? Peut-être a-t-elle dit que lorsque tu déploies une tortue, tu dois l'extirper de l'eau comme avec une cuiller et quand tu mets la patte sur un hérisson, il te faut le plonger dans sa coquille.

— Es-tu certain, tout à fait certain, de ce que t'a dit ta maman ? renchérit Ventrue Pas Pressée. Elle t'a peut-être dit qu'en mettant le hérisson à tremper, tu dois l'enfoncer de ta patte, et que, si tu rencontres une tortue, il te faut la décortiquer jusqu'à ce qu'elle se déploie.

— Je ne crois pas que c'était ça du tout, dit Jaguar Moucheté, quelque peu désarçonné. Voulez-vous répéter, s'il vous plaît, mais en étant plus clairs ?

— Quand tu recueilles de l'eau avec ta patte, dit Pique Dur, tu la déploies avec un hérisson. Souviens-toi de ça, parce que c'est important.

— Toutefois, précisa la tortue, quand tu poses la patte sur ta nourriture, tu la plonges dans une tortue comme avec une cuiller. Pourquoi ne comprends-tu pas ?

'You are making my spots ache,' said Painted Jaguar; 'and besides, I didn't want your advice at all. I only wanted to know which of you is Hedgehog and which is Tortoise.'

'I shan't tell you,' said Stickly-Prickly. 'But you can scoop me out of my shell if you like.'

'Aha!' said Painted Jaguar. 'Now I know you're Tortoise. You thought I wouldn't! Now I will.' Painted Jaguar darted out his paddy-paw just as Stickly-Prickly curled himself up, and of course Jaguar's paddy-paw was just filled with prickles. Worse than that, he knocked Stickly-Prickly away and away into the woods and the bushes, where it was too dark to find him. Then he put his paddy-paw into his mouth, and of course the prickles hurt him worse than ever. As soon as he could speak he said, 'Now I know he isn't Tortoise at all. But' – and then he scratched his head with his un-prickly paw – 'how do I know that this other is Tortoise?'

'But I *am* Tortoise,' said Slow-and-Solid. 'Your mother was quite right. She said that you were to scoop me out of my shell with your paw. Begin.'

'You didn't say she said that a minute ago,' said Painted Jaguar, sucking the prickles out of his paddy-paw. 'You said she said something quite different.'

'Well, suppose you say that I said that she said something quite different, I don't see that it makes any difference; because if she said what you said I said she said, it's just the same as if I said what she said she said. On the other hand, if you think she said that you were to uncoil me with a scoop,

— Vous me faites mal à mes mouchetures, dit Jaguar Moucheté. En outre, je n'ai nul besoin de vos conseils. Je voulais seulement savoir lequel de vous deux est le hérisson et lequel la tortue.

— Je ne te le dirai pas, répondit Pique Dur. Mais tu peux m'extirper de ma coquille si tu veux.

— Ah! ah! fit Jaguar Moucheté. Maintenant, je sais que c'est toi la tortue. Tu as cru que je ne le saurais pas. Maintenant, je le sais!» Jaguar Moucheté brandit sa patte à coussinets, au même instant Pique Dur se recroquevilla et, bien entendu, la patte à coussinets de Jaguar Moucheté se hérissa aussitôt de piquants. Pire que cela, il blackboula Pique Dur dans les bois et buissons, où il faisait trop noir pour le retrouver. À la suite de quoi, il porta sa patte à coussinets à sa bouche, et naturellement les piquants le blessèrent encore plus. Dès qu'il fut en état de parler, il dit : «Maintenant je sais que celui-ci n'est pas du tout la tortue. Cependant — et là, il se gratta la tête de sa patte valide —, comment savoir si c'est l'autre, la tortue?

— Mais je suis la tortue, dit Ventrue Pas Pressée. Ta mère était tout à fait dans le vrai. Elle a dit que tu devais m'extirper de ma coquille à l'aide de ta patte comme avec une cuiller. Vas-y!

— Ce n'est pas ce que tu disais qu'elle a dit voilà une minute, objecta Jaguar Moucheté en suçant, pour en retirer les piquants, sa patte à coussinets. Tu as dit qu'elle disait tout à fait autre chose.

— Bon, supposons que tu dis que j'ai dit qu'elle avait dit tout à fait autre chose, je ne vois aucune différence. Car si elle a dit ce que tu as dit que j'ai dit qu'elle avait dit, c'est exactement comme si j'avais dit qu'elle a dit ce qu'elle a dit. D'un autre côté, si tu crois qu'elle a dit que tu devais me déployer comme avec une cuiller,

*T*his is an inciting map of the Turbid Amazon done in Red and Black. It hasn't anything to do with the story except that there are two Armadillos in it – up by the top. The inciting part are the adventures that happened to the men who went along the road marked in red. I meant to draw Armadillos when I began the map, and I meant to draw manatees and spider-tailed monkeys and big snakes and lots of Jaguars, but it was more inciting to do the map and the venturesome adventures in red. You begin at the bottom left-hand corner and follow the little arrows all about, and then you come quite round again to where the adventuresome people went home in a ship called the *Royal Tiger*. This is a most adventuresome picture, and all the adventures are told about in writing, so you can be quite sure which is an adventure and which is a tree or a boat.

Ceci est, en rouge et noir, une carte très intéressante du turbide Amazone. Elle n'a rien à voir avec l'histoire, sauf qu'elle comporte, tout en haut, deux tatous. Ce qu'elle a d'intéressant, ce sont les aventures survenues aux hommes ayant suivi l'itinéraire marqué en rouge. Lorsque j'ai commencé cette carte, j'avais l'intention de dessiner des tatous, et aussi des lamantins, des singes à queue d'araignée, des serpents géants et une foule de jaguars, mais il était plus à propos d'établir cette carte et, en rouge, ces aventures pleines de risques. Tu commences par l'angle gauche, en bas, et suis tout du long les petites flèches : ainsi, tu retombes pile sur l'endroit d'où ces aventuriers ont réembarqué sur un bateau appelé *Tigre royal*[1]. C'est une illustration elle-même très aventureuse, et toutes ces aventures y sont racontées par écrit, afin que tu te rendes bien compte de ce qu'est une aventure de même qu'un arbre ou un bateau.

1. La croisière du *Tigre royal* est une variation fantaisiste sur l'expédition britannique au Brésil parmi les Incas.

instead of pawing me into drops with a shell, I can't help that, can I?'

'But you said you wanted to be scooped out of your shell with my paw,' said Painted Jaguar.

'If you'll think again you'll find that I didn't say anything of the kind. I said that your mother said that you were to scoop me out of my shell,' said Slow-and-Solid.

'What will happen if I do?' said the Jaguar most sniffily and most cautious.

'I don't know, because I've never been scooped out of my shell before; but I tell you truly, if you want to see me swim away you've only got to drop me into the water.'

'I don't believe it,' said Painted Jaguar. 'You've mixed up all the things my mother told me to do with the things that you asked me whether I was sure that she didn't say, till I don't know whether I'm on my head or my painted tail; and now you come and tell me something I *can* understand, and it makes me more mixy than before. My mother told me that I was to drop one of you two into the water, and as you seem so anxious to be dropped I think you don't want to be dropped. So jump into the turbid Amazon and be quick about it.'

'I warn you that your Mummy won't be pleased. Don't tell her I didn't tell you,' said Slow-Solid.

'If you say another word about what my mother said —' the Jaguar answered, but he had not finished the sentence before Slow-and-Solid quietly dived into the turbid Amazon, swam under water for a long way, and came out on the bank where Stickly-Prickly was waiting for him.

et non m'enfoncer dans ma coquille avec ta patte, qu'y puis-je ?

— Mais tu as dit que tu voulais que je t'extirpe de ta coquille, avec ma patte, dit Jaguar Moucheté.

— Si tu veux bien y repenser, tu te rendras compte que je n'ai rien dit de tel. J'ai dit que ta mère avait dit qu'il te fallait m'extirper de ma coquille comme avec une cuiller, dit Ventrue Pas Pressée.

— Que se passera-t-il si je le fais ? demanda le jaguar en reniflant et sur la défensive.

— Je ne sais, car jamais encore on ne m'a extirpé de ma coquille. Mais je te le dis sincèrement : si tu veux me voir nager, tu n'as qu'à me plonger dans l'eau.

— Je n'en crois rien, dit Jaguar Moucheté. Tu as embrouillé tout ce que ma mère m'avait dit de faire en me demandant si j'étais sûr de ce qu'elle n'avait pas dit, au point que je ne sais plus si je suis bien dans ma tête ou au bout de ma queue mouchetée. Et maintenant, voilà que tu viens me dire quelque chose que je puis comprendre, ce qui m'embrouille encore plus. Ma mère m'a dit que je devais jeter à l'eau l'un de vous deux et, comme tu m'as l'air tellement anxieuse à l'idée d'y être jetée, j'en déduis que tu n'as pas envie de l'être. Saute donc dans le turbide Amazone, et vite !

— Je t'avertis que ta maman ne sera pas contente. Ne lui dis pas que je ne te l'ai pas dit, le prévint Ventrue Pas Pressée.

— Si tu dis encore un seul mot sur ce que ma mère a dit… », l'interrompit le jaguar, mais il n'avait pas achevé sa phrase que Ventrue Pas Pressée plongeait tranquillement dans le turbide Amazone, avant de nager un long moment entre deux eaux, puis d'atterrir sur la berge où Pique Dur l'attendait.

'That was a very narrow escape,' said Stickly-Prickly. 'I don't like Painted Jaguar. What did you tell him that you were?'

'I told him truthfully that I was a truthful Tortoise, but he wouldn't believe it, and he made me jump into the river to see if I was, and I was, and he is surprised. Now he's gone to tell his Mummy. Listen to him!'

They could hear Painted Jaguar roaring up and down among the trees and the bushes by the side of the turbid Amazon, till his Mummy came.

'Son, son!' said his mother ever so many times, graciously waving her tail, 'what have you been doing that you shouldn't have done?'

'I tried to scoop something that said it wanted to be scooped out of its shell with my paw, and my paw is full of per-ickles,' said Painted Jaguar.

'Son, son!' said his mother ever so many times, graciously waving her tail, 'by the prickles in your paddy-paw I see that that must have been a Hedgehog. You should have dropped him into the water.'

'I did that to the other thing; and he said he was a Tortoise, and I didn't believe him, and it was quite true, and he has dived under the turbid Amazon, and he won't come up again, and I haven't anything at all to eat, and I think we had better find lodgings some-where else. They are too clever on the turbid Amazon for poor me!'

'Son, son!' said his mother ever so many times, graciously waving her tail, 'now attend to me and remember what I say. A Hedgehog curls himself up into a ball and his prickles stick out every which way at once. By this you may know the Hedgehog.'

«Tu l'as échappé belle, dit Pique Dur. Je n'aime pas Jaguar Moucheté. Que lui as-tu dit que tu étais?

— Je lui ai dit sans mentir que j'étais véritablement la tortue, mais il n'a pas voulu me croire. Il m'a fait me jeter à l'eau pour vérifier si je l'étais, et à sa surprise je l'étais. Maintenant, il est allé raconter ça à sa mère. Écoute-le!»

Ils entendirent Jaguar Moucheté rugir ici et là parmi les arbres et les buissons au bord du turbide Amazone, jusqu'à ce que sa maman survienne.

«Fils! Fils! ne cessa-t-elle de répéter avec un gracieux mouvement de sa queue. Qu'as-tu fait que tu n'aurais pas dû faire?

— J'ai essayé d'extirper de sa coquille, avec ma patte comme cuiller, quelque chose qui disait vouloir l'être, et voilà ma patte toute pleine de pi-piques, dit Jaguar Moucheté.

— Fils! Fils! dit encore une fois la mère, avec un gracieux mouvement de sa queue. À ces piquants dans les coussinets de ta patte, je vois que cela devait être un hérisson. Tu aurais dû le plonger dans l'eau.

— C'est ce que j'ai fait avec l'autre. Il a dit qu'il était une tortue, et je ne l'ai pas cru, mais c'était la vérité même. Il a plongé sous l'eau du turbide Amazone et n'a plus reparu. Et moi, je n'ai rien du tout à manger. À mon avis, nous ferions mieux d'aller prendre nos quartiers ailleurs. Ils sont trop malins, pauvre de moi, sur ce turbide Amazone.

— Fils! Fils! dit et répéta sa mère, avec un gracieux mouvement de sa queue, maintenant écoute-moi et rappelle-toi ce que je te dis. Un hérisson s'enroule sur lui-même en une boule et ses piquants se dressent d'un coup à chaque occasion. C'est à cela que tu peux reconnaître le hérisson.

'I don't like this old lady one little bit,' said Stickly-Prickly, under the shadow of a large leaf. 'I wonder what else she knows?'

'A Tortoise can't curl himself up,' Mother Jaguar went on, ever so many times, graciously waving her tail. 'He only draws his head and legs into his shell. By this you may know the Tortoise.'

'I don't like this old lady at all – at all,' said Slow-and-Solid Tortoise. 'Even Painted Jaguar can't forget those directions. It's a great pity that you can't swim, Stickly-Prickly.'

'Don't talk to me,' said Stickly-Prickly. 'Just think how much better it would be if you could curl up. This *is* a mess! Listen to Painted Jaguar.'

Painted Jaguar was sitting on the banks of the turbid Amazon sucking prickles out of his paws and saying to himself –

> *Can't curl, but can swim –*
> *Slow-Solid, that's him!*
> *Curls up, but can't swim –*
> *Stickly-Prickly, that's him!*

'He'll never forget that this month of Sundays,' said Stickly-Prickly. 'Hold up my chin, Slow-and-Solid. I'm going to try to learn to swim. It may be useful.'

'Excellent!' said Slow-and-Solid; and he held up Stickly-Prickly's chin, while Stickly-Prickly kicked in the waters of the turbid Amazon.

'You'll make a fine swimmer yet,' said Slow-and-Solid. 'Now, if you can unlace

— Cette vieille lady ne me plaît guère, dit Pique Dur, à l'abri sous une grande feuille. Que sait-elle d'autre? Je m'interroge.

— Une tortue ne peut se mettre en boule, poursuivait Mère Jaguar, inlassablement, avec un gracieux mouvement de sa queue. Elle se contente de rentrer tête et pattes à l'intérieur de sa coquille. C'est à cela que tu peux reconnaître la tortue.

— Cette vieille lady ne me plaît pas du tout du tout, remarqua Ventrue Pas Pressée. Même Jaguar Moucheté ne saurait oublier ces directives-là. Il est vraiment dommage que tu ne saches pas nager, Pique Dur.

— Ne m'en parle pas, répondit celui-ci. Dis-toi aussi que ce serait bien mieux si tu pouvais te mettre en boule. Que de désordre! Écoute Jaguar Moucheté. »

Assis sur les berges du turbide Amazone, Jaguar Moucheté se suçait la patte pour en extraire les piquants, et il se répétait à lui-même :

> Peut pas se mettre en boule, mais sait nager,
> Ventrue Pas Pressée, c'est elle!
> S'enroule, mais ne sait pas nager,
> Pique Dur, c'est lui!

« Il s'en souviendra jusqu'à la semaine des quatre jeudis, prédit Pique Dur. Tiens-moi par le menton, Ventrue Pas Pressée, je vais tâcher d'apprendre à nager. Ça peut être utile.

— Excellent! » dit Ventrue Pas Pressée, et elle prit Pique Dur par le menton pendant que celui-ci s'ébattait dans les eaux du turbide Amazone.

« Tu finiras par faire un sacré nageur, dit-elle ensuite. Maintenant, s'il t'est possible de délacer

my back-plates a little, I'll see what I can do towards curling up. It may be useful.'

Stickly-Prickly helped to unlace Tortoise's back-plates, so that by twisting and straining Slow-and-Solid actually managed to curl up a tiddy wee bit.

'Excellent!' said Stickly-Prickly; 'but I shouldn't do any more just now. It's making you black in the face. Kindly lead me into the water once again and I'll practise that side-stroke which you say is so easy.' And so Stickly-Prickly practised, and Slow-Solid swam alongside.

'Excellent!' said Slow-and-Solid. 'A little more practice will make you a regular whale. Now, if I may trouble you to unlace my back and front plates two holes more, I'll try that fascinating bend that you say is so easy. Won't Painted Jaguar be surprised!'

'Excellent!' said Stickly-Prickly, all wet from the turbid Amazon. 'I declare, I shouldn't know you from one of my own family. Two holes, I think, you said? A little more expression, please, and don't grunt quite so much, or Painted Jaguar may hear us. When you've finished, I want to try that long dive which you say is so easy. Won't Painted Jaguar be surprised!'

And so Stickly-Prickly dived, and Slow-and-Solid dived alongside.

'Excellent!' said Slow-and-Solid. 'A leetle more attention to holding your breath and you will be able to keep house at the bottom of the turbid Amazon.

Now I'll try that exercise of wrapping my hind legs

quelque peu mes écailles dorsales, je vais voir ce que je peux faire pour me mettre en boule. Ça peut être utile. »

Pique Dur aida à délacer les écailles du dos de la tortue, de sorte qu'en se tortillant et en s'évertuant Ventrue Pas Pressée parvint effectivement à se recroqueviller un tout petit peu.

« Excellent ! dit Pique Dur. Mais pour l'instant je devrais m'en tenir là : tu as le visage qui devient tout noir. Sois gentille de me mener à l'eau encore une fois, et je vais m'essayer à cette nage de côté dont tu dis qu'elle est si facile. » Et Pique Dur de s'y essayer, tandis que Ventrue Pas Pressée nageait à sa hauteur.

« Excellent ! dit-elle. Encore un peu d'entraînement et ça fera de toi une vraie baleine. Maintenant, si ça ne t'ennuie pas de délacer mes écailles de deux trous supplémentaires, à l'avant et à l'arrière, je vais m'appliquer à cette séduisante cambrure dont tu dis qu'elle est si facile. C'est Jaguar Moucheté qui va être étonné !

— Excellent ! dit Pique Dur, tout mouillé au sortir du turbide Amazone. Je te le dis : je ne te distinguerais pas de l'un de mes congénères. Deux trous, as-tu dit, je crois ? Sois un peu plus expressive, s'il te plaît, et ne grogne pas aussi fort, ou Jaguar Moucheté pourrait nous entendre. Quand tu en auras fini, je veux tenter ce plongeon de haut vol dont tu dis qu'il est si facile. C'est Jaguar Moucheté qui va être étonné ! »

Et c'est ainsi que Pique Dur plongea, Ventrue Pas Pressée plongeant à sa suite.

« Excellent ! approuva-t-elle. Encore un petit effort pour retenir ton souffle, et tu seras capable d'aller prendre pension au fond du turbide Amazone.

Maintenant je vais m'employer à cet exercice qui consiste à enrouler mes pattes arrière

round my ears which you say is so peculiarly comfortable. Won't Painted Jaguar be surprised!'

'Excellent!' said Stickly-Prickly. 'But it's straining your back-plates a little. They are all overlapping now, instead of lying side by side.'

'Oh, that's the result of exercise,' said Slow-and-Solid. 'I've noticed that your prickles seem to be melting into one another, and that you're growing to look rather more like a pine-cone, and less like a chestnut-burr, than you used to.'

'Am I?' said Stickly-Prickly. 'That comes from my soaking in the water. Oh, won't Painted Jaguar be surprised!'

They went on with their exercises, each helping the other, till morning came; and when the sun was high they rested and dried themselves. Then they saw that they were both of them quite different from what they had been.

'Stickly-Prickly,' said Tortoise after breakfast, 'I am not what I was yesterday; but I think that I may yet amuse Painted Jaguar.'

'That was the very thing I was thinking just now,' said Stickly-Prickly. 'I think scales are a tremendous improvement on prickles – to say nothing of being able to swim. Oh, *won't* Painted Jaguar be surprised! Let's go and find him.'

By and by they found Painted Jaguar, still nursing his paddy-paw that had been hurt the night before. He was so astonished that he fell three times backward over his own painted tail without stopping.

'Good morning!' said Stickly-Prickly. 'And how is your dear gracious Mummy this morning?'

autour de mes oreilles et dont tu dis qu'il offre un confort tout particulier. C'est Jaguar Moucheté qui va être étonné!

— Excellent! dit Pique Dur. Mais ça force un peu les écailles de ton dos. Maintenant, elles se chevauchent toutes, au lieu d'être couchées côte à côte.

— Oh! c'est le résultat de l'exercice, dit Ventrue Pas Pressée. J'ai remarqué que tes piquants ont l'air de s'emmêler, et que tu commences à ressembler davantage à une pigne de pin qu'à une bogue de châtaigne, comme à l'ordinaire.

— Vraiment? dit Pique Dur. C'est parce que j'ai séjourné dans l'eau. Et Jaguar Moucheté va en être bien étonné!»

Ils poursuivirent leurs exercices jusqu'au matin, chacun venant en aide à l'autre, et une fois le soleil levé, ils se reposèrent en se séchant. Ils remarquèrent alors qu'ils étaient tous deux bien différents de ce qu'ils étaient auparavant.

«Pique Dur, dit Ventrue Pas Pressée après qu'ils eurent pris leur breakfast, je ne suis pas ce que j'étais hier, mais je crois que je puis encore amuser Jaguar Moucheté.

— C'est exactement ce à quoi je pensais, répondit Pique Dur. À mon avis, les écailles sont un progrès considérable sur les piquants, sans parler de l'aptitude à nager. Oh! cela va vraiment étonner Jaguar Moucheté. Allons le trouver.»

Ils ne tardèrent pas à rencontrer Jaguar Moucheté, toujours à dorloter sa patte blessée la nuit d'avant. Il fut tellement étonné que, trois fois de suite, il tomba à la renverse sur sa queue mouchetée.

«Bien le bonjour! dit Pique Dur. Comment se porte ta chère et gracieuse maman, ce matin?

'She is quite well, thank you,' said Painted Jaguar; 'but you must forgive me if I do not at this precise moment recall your name.'

'That's unkind of you,' said Stickly-Prickly, 'seeing that this time yesterday you tried to scoop me out of my shell with your paw.'

'But you hadn't any shell. It was all prickles,' said Painted Jaguar. 'I know it was. Just look at my paw!'

'You told me to drop into the turbid Amazon and be drowned,' said Slow-Solid. 'Why are you so rude and forgetful to-day?'

'Don't you remember what your mother told you?' said Stickly-Prickly, –

> *'Can't curl, but can swim –*
> *Stickly-Prickly, that's him!*
> *Curls up, but can't swim –*
> *Slow-Solid, that's him!'*

Then they both curled themselves up and rolled round and round Painted Jaguar till his eyes turned truly cartwheels in his head.

Then he went to fetch his mother.

'Mother,' he said, 'there are two new animals in the woods to-day, and the one that you said couldn't swim, swims, and the one that you said couldn't curl up, curls; and they've gone shares in their prickles, I think, because both of them are scaly all over, instead of one being smooth and the other very prickly; and, besides that, they are rolling round and round in circles, and I don't feel comfy.'

— Fort bien, je vous en remercie, répondit Jaguar Moucheté. Mais pardonnez-moi si, en cet instant précis, votre nom ne me revient pas.

— Ce n'est pas très gentil, dit Pique Dur, vu qu'hier tu as essayé de m'extirper de ma coquille avec ta patte en guise de cuiller.

— Mais tu n'avais pas de coquille. C'était tout des piquants, dit Jaguar Moucheté. J'en sais quelque chose : il suffit de regarder ma patte.

— Tu m'as dit de sauter dans le turbide Amazone et de m'y noyer, dit Ventrue Pas Pressée. Pourquoi, aujourd'hui, es-tu si malpoli et si oublieux ?

— Ne te rappelles-tu pas ce que t'a dit ta mère ? dit Pique Dur :

« Peut pas se mettre en boule, mais sait nager,
Pique Dur, c'est lui !
S'enroule, mais ne sait pas nager,
Ventrue Pas Pressée, c'est elle ! »

Alors, tous deux se mirent en boule avant de se rouler sans arrêt tout autour de Jaguar Moucheté, jusqu'à ce que ses yeux tournoient dans sa tête ainsi que de vraies roues de charrette.

Il s'en alla donc chercher sa mère.

« Mère, dit-il, en ce jour il y a dans la forêt deux animaux nouveaux : celui dont tu m'as dit qu'il ne savait pas nager, nage, et celui dont tu m'as dit qu'il ne pouvait se mettre en boule, le fait. Selon moi, ils se sont partagé moitié moitié leurs piquants, car ils sont tous deux recouverts d'écailles, alors que l'un était tout lisse et l'autre tout pointu. En plus, ils se sont mis à tournicoter tout autour de moi, et ça me rend malade.

This is a picture of the whole story of the Jaguar and the Hedgehog and the Tortoise *and* the Armadillo all in a heap. It looks rather the same any way you turn it. The Tortoise is in the middle, learning how to bend, and that is why the shelly plates on his back are so spread apart. He is standing on the Hedgehog, who is waiting to learn how to swim. The Hedgehog is a Japanesy Hedgehog, because I couldn't find our own Hedgehogs in the garden when I wanted to draw them. (It was day-time, and they had gone to bed under the dahlias.) Speckly Jaguar is look-ing over the edge, with his paddy-paw carefully tied up by his mother, because he pricked himself scooping the Hedgehog. He is much surprised to see what the Tortoise is doing, and his paw is hurting him. The snouty thing with the little eye that Speckly Jaguar is trying to climb over is the Armadillo that the Tortoise and the Hedgehog are going to turn into when they have finished bending and swimming. It is all a magic picture, and that is one of the reasons why I haven't drawn the Jaguar's whiskers. The other reason was that he was so young that his whiskers had not grown. The Jaguar's pet name with his Mummy was Doffles.

oici, dessinée toute d'un bloc, l'entière histoire du jaguar, du hérisson, de la tortue et du tatou. De quelque côté qu'on retourne ce dessin, il est à peu près identique. La tortue se trouve au centre, apprenant à se ployer : c'est pourquoi les écailles de son dos sont tellement disjointes. Elle domine le hérisson qui, lui, attend d'apprendre à nager. Le hérisson est un hérisson japonais, car je n'ai pu trouver les nôtres au jardin quand j'ai voulu les dessiner (c'était en plein jour, et ils s'en étaient allés dormir sous les dahlias). Jaguar Moucheté les observe par-dessus bord, sa patte à coussinets soigneusement pansée par sa mère, car il s'est piqué en extirpant le hérisson. Il est extrêmement surpris de voir ce que fait la tortue, et sa patte le fait souffrir. La créature avec un museau et ce petit œil que Jaguar Moucheté essaie d'escalader, c'est le tatou, en quoi se muent tortue et hérisson après en avoir fini avec mise en boule et natation. C'est en tout point un dessin dû à la magie, et telle est une des raisons pour lesquelles je n'ai pas dessiné de moustaches au jaguar, l'autre raison étant qu'il était si jeune que ses moustaches n'avaient pas poussé. Le petit nom du jaguar avec sa maman était Doffles.

'Son, son!' said Mother Jaguar ever so many times, graciously waving her tail, 'a Hedgehog is a Hedgehog, and can't be anything but a Hedgehog; and a Tortoise is a Tortoise, and can never be anything else.'

'But it isn't a Hedgehog, and it isn't a Tortoise. It's a little bit of both, and I don't know its proper name.'

'Nonsense!' said Mother Jaguar. 'Everything has its proper name. I should call it "Armadillo" till I found out the real one. And I should leave it alone.'

So Painted Jaguar did as he was told, especially about leaving them alone; but the curious thing is that from that day to this, O Best Beloved, no one on the banks of the turbid Amazon has ever called Stickly-Prickly and Slow-Solid anything except Armadillo. There are Hedgehogs and Tortoises in other places, of course (there are some in my garden); but the real old and clever kind, with their scales lying lippety-lappety one over the other, like pine-cone scales, that lived on the banks of the turbid Amazon in the High and Far-Off Days, are always called Armadillos, because they were so clever.

So *that's* all right, Best Beloved. Do you see?

— Fils! Fils! dit encore et encore Mère Jaguar avec un gracieux mouvement de sa queue. Un hérisson est un hérisson, et ne peut être qu'un hérisson, et une tortue est une tortue, sans jamais pouvoir être autre chose.

— Mais ce n'est pas un hérisson, et ce n'est pas une tortue. C'est un peu des deux, et je ne sais comment ça s'appelle vraiment.

— Non-sens! dit Mère Jaguar. Toutes choses ont leur nom à elles. Je dénommerais celles-ci "Tatous", en attendant de trouver le mot adéquat. Et je les laisserais tranquilles. »

Et le jaguar fit ce qu'on lui avait dit, surtout pour ce qui était de les laisser tranquilles, mais ce qu'il y a de curieux, ô toi que j'aime par-dessus tout, c'est qu'à partir de ce jour-là jusqu'au nôtre nul sur les rives du turbide Amazone n'a jamais appelé Pique Dur et Ventrue Pas Pressée autrement que tatous. Il existe bien entendu des hérissons et des tortues en d'autres endroits (il y en a dans mon jardin), mais ceux de la véritable, antique et ingénieuse espèce dont les écailles se chevauchent comme l'écorce des pignes de pin, ceux qui vivaient en ces temps immémoriaux sur les rives du turbide Amazone, sont toujours appelés tatous, à cause de leur extrême ingéniosité.

Et c'est ainsi, vois-tu, ma bien-aimée, que tout va pour le mieux.

I've never sailed the Amazon,
    I've never reached Brazil;
But the *Don* and *Magdalena*,
    They can go there when they will!

        Yes, weekly from Southampton,
        Great steamers, white and gold,
        Go rolling down to Rio
        (Roll down – roll down to Rio!).
        And I'd like to roll to Rio
        Some day before I'm old!

I've never seen a Jaguar,
    Nor yet an Armadill –
O dilloing in his armour,
    And I s'pose I never will,

        Unless I go to Rio
        These wonders to behold –
        Roll down – roll down to Rio –
        Roll really down to Rio!
        Oh, I'd love to roll to Rio
        Some day before I'm old!

Jamais je n'ai vogué sur l'Amazone,
　　Et jamais n'ai accosté au Brésil,
Mais le *Don* et la *Magdalena*
　　Peuvent y aborder quand ils veulent !

　　　Chaque semaine de Southampton,
　　　De grands steamers, tout blancs et tout dorés[1],
　　　Font route vers Rio
　　　(En route, en route pour Rio !).
　　　Et j'aimerais faire route vers Rio
　　　Un de ces jours, avant d'être vieux !

Jamais je n'ai vu de jaguar,
　　Jamais encore aucun tatou,
Traînassant dans son armure,
　　Et n'en verrai je suppose jamais.

　　　À moins de me rendre à Rio,
　　　Où sont à voir ces merveilles,
　　　En route, en route vers Rio,
　　　En route vers Rio pour de vrai !
　　　Oh ! comme j'aimerais faire route vers Rio,
　　　Un de ces jours, avant d'être vieux !

1. Vaisseaux de la Compagnie royale de paquebots à vapeur.

The Cat That Walked by Himself

EAR and attend and listen; for this befell and behappened and became and was, O my Best Beloved, when the Tame animals were wild. The Dog was wild, and the Horse was wild, and the Cow was wild, and the Sheep was wild, and the Pig was wild – as wild as wild could be – and they walked in the Wet Wild Woods by their wild lones. But the wildest of all the wild animals was the Cat. He walked by himself, and all places were alike to him.

Of course the Man was wild too. He was dreadfully wild. He didn't even begin to be tame till he met the Woman, and she told him that she did not like living in his wild ways. She picked out a nice dry Cave, instead of a heap of wet leaves, to lie down in; and she strewed clean sand on the floor; and she lit a nice fire of wood at the back of the Cave; and she hung a dried wild-horse skin, tail-down, across the opening of the Cave; and she said, 'Wipe your feet, dear, when you come in, and now we'll keep house.'

That night, Best beloved, they ate wild sheep roasted on the hot stones, and flavoured with wild garlic and wild pepper;

Le chat
qui allait seul

Prête l'oreille, écoute et sois bien attentive, ô toi que j'aime plus que tout, car ceci est survenu, arrivé, advenu et a été alors que les animaux domestiques étaient sauvages. Le chien était sauvage, le cheval était sauvage, la vache et le mouton l'étaient aussi, et le cochon de même, aussi sauvages qu'on peut l'être, et par les Sauvages et Humides Forêts ils suivaient leur route en solitaires. Mais le plus sauvage de tous les animaux sauvages était le chat : il allait seul, et se trouver ici plutôt que là ne lui importait guère.

Bien entendu, l'homme était sauvage lui aussi. Terriblement sauvage. Il n'avait même pas commencé à s'apprivoiser jusqu'à ce qu'il rencontre la femme, qui lui dit ne pas aimer ses manières de sauvage. Elle aménagea, pour y coucher, au lieu d'un tas de feuilles humides, une jolie caverne bien au sec, parsema le sol de sable propre et, dans le fond de la caverne, alluma un bon feu de bois. À l'entrée de la caverne, elle suspendit une peau de cheval sauvage séchée, queue en bas, et dit : « Essuie-toi les pieds en entrant, mon chéri, nous voilà maintenant chez nous. »

Ce soir-là, mon adorée, ils mangèrent du mouton sauvage rôti sur des pierres chaudes, accompagné d'une garniture d'ail sauvage et de poivre sauvage,

and wild duck stuffed with wild rice and wild fenugreek and wild coriander; and marrow-bones of wild oxen; and wild cherries, and wild grenadillas. Then the Man went to sleep in front of the fire ever so happy; but the Woman sat up, combing her hair. She took the bone of the shoulder of mutton – the big flat blade-bone – and she looked at the wonderful marks on it, and she threw more wood on the fire, and she made a Magic. She made the First Singing Magic in the world.

Out in the Wet Wild Woods all the wild animals gathered together where they could see the light of the fire a long way off, and they wondered what it meant.

Then Wild Horse stamped with his wild foot and said, 'O my Friends and O my Enemies, why have the Man and the Woman made that great light in that great Cave, and what harm will it do us?'

Wild Dog lifted up his wild nose and smelled the smell of the roast mutton, and said, 'I will go up and see and look, and say; for I think it is good. Cat, come with me.'

'Nenni!' said the Cat. 'I am the Cat who walks by himself, and all places are alike to me. I will not come.'

'Then we can never be friends again,' said Wild Dog, and he trotted off to the Cave. But when he had gone a little way the Cat said to himself, 'All places are alike to me.

puis du canard sauvage farci de riz sauvage, de fenouil grec[1] et de coriandre sauvage, de l'os à moelle de bœuf sauvage, des cerises sauvages et des grenadilles[2] sauvages. À la suite de quoi, comblé comme jamais, l'homme s'endormit face au foyer, mais la femme, après s'être attardée à peigner sa chevelure, prit l'os de l'épaule du mouton — sa grande et plate omoplate —, elle examina les signes divinatoires qu'il portait, puis elle ajouta du bois au feu et prononça une formule magique, qui fut la première formule magique et incantatoire énoncée en ce monde.

Au loin, par les Sauvages et Humides Forêts, tous les animaux sauvages se rassemblèrent en un lieu d'où ils pouvaient apercevoir, à distance, la lueur du feu, et ils se demandaient ce que cela signifiait.

Puis Cheval Sauvage tapa de son sabot sauvage et dit : « Ô vous, amis et ennemis, pourquoi l'homme et la femme ont-ils fait ce grand feu dans cette vaste caverne, et quel dommage cela nous causera-t-il ? »

Chien Sauvage pointa son museau sauvage, et dit, après avoir senti l'odeur de mouton rôti : « Je vais aller voir, et vous dirai : à mon avis, c'est tout bon. Chat, viens avec moi.

— Que nenni ! répondit le chat. Je suis le chat qui va seul, et me trouver ici ou là ne m'importe guère. Je n'irai pas.

— Alors, nous ne serons plus jamais amis », dit Chien Sauvage, et il s'en fut en trottant vers la caverne. Mais lorsqu'il se trouva à quelque distance, le chat se dit : « Me trouver ici ou là ne m'importe guère.

---

1. Légumineuse cultivée en Méditerranée, en Égypte et en Inde.
2. Fruit tropical d'une des fleurs de la passion.

Why should I not go too and see and look and come away at my own liking?' So he slipped after Wild Dog softly, very softly, and hid himself where he could hear everything.

When Wild Dog reached the mouth of the Cave he lifted up the dried horse-skin with his nose and sniffed the beautiful smell of the roast mutton, and the Woman, looking at the blade-bone, heard him, and laughed, and said, 'Here comes the first. Wild Thing out of the Wild Woods, what do you want?'

Wild Dog said, 'O my Enemy and Wife of my Enemy, what is this that smells so good in the Wild Woods?'

Then the Woman picked up a roasted mutton-bone and threw it to Wild Dog, and said, 'Wild Thing out of the Wild Woods, taste and try.' Wild Dog gnawed the bone, and it was more delicious than anything he had ever tasted, and he said, 'O my Enemy and Wife of my Enemy, give me another.'

The Woman said, 'Wild Thing out of the Wild Woods, help my Man to hunt through the day and guard this Cave at night, and I will give you as many roast bones as you need.'

'Ah!' said the Cat, listening. 'This is a very wise Woman, but she is not so wise as I am.'

Wild Dog crawled into the Cave and laid his head on the Woman's lap, and said, 'O my Friend and Wife of my Friend, I will help your Man to hunt through the day, and at night I will guard your Cave.'

'Ah!' said the Cat, listening. 'That is a very foolish Dog.' And he went back through the Wet Wild Woods waving his wild tail,

Pourquoi n'irais-je pas voir par moi-même, en me défilant quand cela me plaira ? » Et de se glisser très, très en douceur, sur les traces de Chien Sauvage, avant de se dissimuler en un endroit d'où il pouvait tout entendre.

En atteignant le seuil de la caverne, Chien Sauvage souleva de son nez la peau de cheval séchée et renifla la bonne odeur du mouton rôti. La femme, contemplant l'os d'omoplate, l'entendit, et elle se mit à rire en disant : « Ah ! voici le premier. Sauvage créature issue des Forêts sauvages, que désires-tu ? »

Chien Sauvage répondit : « Ô toi mon ennemie, femme de mon ennemi, qu'est-ce qui sent si bon par ces Sauvages Forêts ? »

La femme prit alors un os du mouton rôti et le jeta à Chien Sauvage en disant : « Goûte donc ça, sauvage créature des Forêts sauvages, et apprécie. » Chien Sauvage rongea l'os, et c'était la chose la plus délicieuse qu'il eût jamais dégustée, puis il dit : « Ô toi mon ennemie, femme de mon ennemi, donne-m'en un autre. »

La femme dit : « Sauvage créature des Forêts sauvages, aide mon homme à chasser le jour et monte la garde sur cette caverne la nuit, et je te donnerai autant d'os rôtis qu'il t'en faudra. »

« Ah ! se dit le chat, qui écoutait. Voilà une femme très avisée, mais elle ne l'est pas autant que moi. »

Chien Sauvage rampa à l'intérieur de la caverne et dit, après avoir posé sa tête dans le giron de la femme : « Ô toi, mon amie, femme de mon ami, je veux bien aider ton homme à chasser le jour, et monterai la garde sur votre caverne la nuit. »

« Ah ! se dit le chat, qui écoutait. Que voilà un chien bien stupide. » Et il rebroussa chemin par les Sauvages et Humides Forêts, remuant sa sauvage queue

*T*his is the picture of the Cave where the Man and the Woman lived first of all. It was really a very nice Cave, and much warmer than it looks. The Man had a canoe. It is on the edge of the river, being soaked in water to make it swell up. The tattery-looking thing across the river is the Man's salmon-net to catch salmon with. There are nice clean stones leading up from the river to the mouth of the Cave, so that the Man and the Woman could go down for water without getting sand between their toes. The things like black-beetles far down the beach are really trunks of dead trees that floated down the river from the Wet Wild Woods on the other bank. The Man and the Woman used to drag them out and dry them and cut them up for firewood. I haven't drawn the horse-hide curtain at the mouth of the Cave, because the Woman has just taken it down to be cleaned. All those little smudges on the sand between the Cave and the river are the marks of the Woman's feet and the Man's feet.

The Man and the Woman are both inside the Cave eating their dinner. They went to another cosier Cave when the Baby came, because the Baby used to crawl down to the river and fall in, and the Dog had to pull him out.

*O*n voit dessinée ici la caverne habitée par l'homme et la femme, premiers de leur espèce. C'était vraiment une très jolie caverne, beaucoup mieux chauffée qu'elle ne le paraît. L'homme possédait un canoë. Il se trouve au bord du fleuve, immergé dans l'eau de façon à en être bien imprégné. Cette chose apparemment en lambeaux en travers du fleuve, c'est le filet à saumon de l'homme pour la capture du saumon. De jolies pierres bien propres mènent du fleuve à l'entrée de la caverne, de sorte que l'homme et la femme pouvaient descendre chercher de l'eau sans ramasser de sable entre leurs orteils. Les objets semblables à des piquets noirs en bas de la plage, sur la rive opposée, sont en réalité des troncs d'arbres morts ayant descendu le fleuve en flottant depuis les sauvages et humides forêts. L'homme et la femme avaient pour habitude de les haler avant de les faire sécher et de les tronçonner pour le feu de bois. Je n'ai pas dessiné le rideau en peau de cheval, à l'entrée de la caverne, parce que la femme venait tout juste de le décrocher pour le nettoyer. Toutes ces petites taches sur le sable entre la caverne et le fleuve, ce sont les marques de pas de la femme et celles de l'homme.

L'homme et la femme se trouvent à l'intérieur de la caverne, à prendre leur repas. Lorsque le bébé est arrivé, ils sont allés habiter une autre caverne plus confortable, car le bébé avait pris l'habitude de ramper jusqu'au fleuve et de tomber dedans, et c'était le chien qui devait aller l'en tirer.

and walking by his wild lone. But he never told anybody.

When the Man waked up he said, 'What is Wild Dog doing here?' And the Woman said, 'His name is not Wild Dog any more, but the First Friend, because he will be our friend for always and always and always. Take him with you when you go hunting.'

Next night the Woman cut great green armfuls of fresh grass from the water-meadows, and dried it before the fire, so that it smelt like new-mown hay, and she sat at the mouth of the Cave and plaited a halter out of horse-hide, and she looked at the shoulder-of-mutton bone – at the big broad blade-bone – and she made a Magic. She made the Second Singing Magic in the world.

Out in the Wild Woods all the wild animals wondered what had happened to Wild Dog, and at last Wild Horse stamped with his foot and said, 'I will go and see and say why Wild Dog has not returned. Cat, come with me.'

'Nenni!' said the Cat. 'I am the Cat who walks by himself, and all places are alike to me. I will not come.' But all the same he followed Wild Horse softly, very softly, and hid himself where he could hear everything.

When the Woman heard Wild Horse tripping and stumbling on his long mane, she laughed and said, 'Here comes the second. Wild Thing out of the Wild Woods, what do you want?'

Wild Horse said, 'O my Enemy and Wife of my Enemy, where is Wild Dog?'

et suivant sa route en solitaire. Mais sans jamais rien dire de tout cela à quiconque. Lorsque l'homme sortit de son sommeil, il demanda : «Que fait ici Chien Sauvage?» Et la femme de répondre : «Son nom n'est plus Chien Sauvage, mais Ami Numéro Un, car il sera le nôtre à tout jamais. Emmène-le avec toi quand tu iras à la chasse.»

Le soir d'après, dans les prairies à fleur d'eau, la femme coupa de grandes et vertes brassées d'herbe fraîche et les mit à sécher devant le feu, de sorte que cela fleura bon le foin nouvellement fauché. Puis, assise à l'entrée de la caverne, elle tressa un licou avec de la peau de cheval et, après avoir contemplé l'os de l'épaule du mouton — la grande et plate omoplate —, elle prononça une formule magique, qui fut la deuxième formule magique et incantatoire énoncée en ce monde.

Au loin dans les Forêts sauvages, tous les animaux sauvages se demandaient ce qu'il était advenu de Chien Sauvage et, à la fin, Cheval Sauvage tapa du sabot et dit : «Je vais aller voir et vous dirai pourquoi Chien Sauvage n'est pas de retour. Chat, viens avec moi.

— Que nenni! répondit le chat. Je suis le chat qui va seul, et me trouver ici ou là ne m'importe guère. Je n'irai pas.» Cependant, très, très en douceur, il suivit Cheval Sauvage, avant de se dissimuler en un endroit d'où il pouvait tout écouter.

Lorsque la femme entendit Cheval Sauvage s'embrouiller les pattes et trébucher dans sa longue crinière, elle dit en riant : «Et voici le deuxième. Que désires-tu, sauvage créature des Sauvages Forêts?»

Cheval Sauvage répondit : «Ô toi mon ennemie, femme de mon ennemi, où Chien Sauvage se trouve-t-il?»

The Woman laughed, and picked up the blade-bone and looked at it, and said, 'Wild Thing out of the Wild Woods, you did not come here for Wild Dog, but for the sake of this good grass.'

And Wild Horse, tripping and stumbling on his long mane, said, 'That is true; give it me to eat.'

The Woman said, 'Wild Thing out of the Wild Woods, bend your wild head and wear what I give you, and you shall eat the wonderful grass three times a day.'

'Ah,' said the Cat, listening, 'this is a clever Woman, but she is not so clever as I am.'

Wild Horse bent his wild head, and the Woman slipped the plaited hide halter over it, and Wild Horse breathed on the Woman's feet and said, 'O my Mistress, and Wife of my Master, I will be your servant for the sake of the wonderful grass.'

'Ah,' said the Cat, listening, 'that is a very foolish Horse.' And he went back through the Wet Wild Woods, waving his wild tail and walking by his wild lone. But he never told anybody.

When the Man and the Dog came back from hunting, the Man said, 'What is Wild Horse doing here?' And the Woman said, 'His name is not Wild Horse any more, but the First Servant, because he will carry us from place to place for always and always and always. Ride on his back when you go hunting.'

La femme se mit à rire, puis elle saisit l'omoplate et la contempla en disant : « Sauvage créature des Sauvages Forêts, tu n'es pas venue ici pour Chien Sauvage, mais pour profiter de cette bonne herbe. »

Et Cheval Sauvage, tout embrouillé et trébuchant dans sa longue crinière, de répondre : « C'est vrai. Donne-m'en à manger.

— Sauvage créature des Sauvages Forêts, dit la femme, abaisse ta sauvage encolure pour qu'elle supporte ce don de ma part, et tu mangeras de cette herbe merveilleuse trois fois par jour. »

« Ah ! se dit le chat, qui écoutait, voilà une femme avisée, mais elle ne l'est pas autant que je le suis. »

Cheval Sauvage courba sa sauvage encolure, sur laquelle la femme passa le licou qu'elle avait tressé, et Cheval Sauvage souffla sur les pieds de la femme en disant : « Ô ma maîtresse, femme de mon maître, je veux bien être ton serviteur pour profiter de cette herbe merveilleuse. »

« Ah ! se dit le chat, après avoir écouté, que voilà un cheval bien stupide. » Et il s'en retourna par les Sauvages et Humides Forêts en remuant la queue et en suivant son chemin en solitaire, mais sans jamais rien dire de tout cela à quiconque.

Lorsque l'homme et le chien revinrent de la chasse, l'homme demanda : « Que fait ici Cheval Sauvage ? » Et la femme répondit : « Il ne s'appelle plus Cheval Sauvage, mais Serviteur Numéro Un, car à tout jamais il nous transportera d'un lieu à un autre, et tu monteras sur son dos quand tu iras à la chasse. »

Next day, holding her wild head high that her wild horns should not catch in the wild trees, Wild Cow came up to the Cave, and the Cat followed, and hid himself just the same as before; and everything happened just the same as before; and the Cat said the same things as before; and when Wild Cow had promised to give her milk to the Woman every day in exchange for the wonderful grass, the Cat went back through the Wet Wild Woods waving his wild tail and walking by his wild lone, just the same as before. But he never told anybody. And when the Man and the Horse and the Dog came home from hunting and asked the same questions same as before, the Woman said, 'Her name is not Wild Cow any more, but the Giver of Good Food. She will give us the warm white milk for always and always and always, and I will take care of her while you and the First Friend and the First Servant go hunting.'

Next day the Cat waited to see if any other Wild Thing would go up to the Cave, but no one moved in the Wet Wild Woods, so the Cat walked there by himself; and he saw the Woman milking the Cow, and he saw the light of the fire in the Cave, and he smelt the smell of the warm white milk.

Cat said, 'O my Enemy and Wife of my Enemy, where did Wild Cow go?'

The Woman laughed and said, 'Wild Thing out of the Wild Woods, go back to the Woods again, for I have braided up my hair, and I have put away the magic blade-bone, and we have no more need of either friends or servants in our Cave.'

Cat said, 'I am not a friend, and I am not a servant. I am the Cat who walks by himself, and I wish to come into your Cave.'

Le jour suivant, tirant sa sauvage tête pour que ses sauvages cornes ne se prennent pas dans les arbres sauvages, Vache Sauvage s'en vint à la caverne, suivie par le chat, qui se dissimula comme il l'avait fait auparavant, et tout se passa exactement comme avant, le chat se disant à lui-même les mêmes choses qu'avant et, lorsque Vache Sauvage eut promis de donner chaque jour son lait à la femme en échange de son herbe merveilleuse, le chat s'en retourna par les Sauvages et Humides Forêts, remuant la queue et suivant son chemin en solitaire, tout comme il l'avait fait avant. Mais sans rien dire de tout cela à quiconque. Et lorsque l'homme, le cheval et le chien rentrèrent de la chasse et posèrent les mêmes questions qu'auparavant, la femme leur dit : « Son nom n'est plus Vache Sauvage, mais Bonne Nourricière. À tout jamais, elle va nous fournir son lait chaud et crémeux, et je prendrai soin d'elle pendant que toi, Ami et Serviteur Numéros Un irez chasser. »

Le lendemain, le chat attendit de voir si quelque autre créature sauvage se rendrait à la caverne, mais par les Sauvages et Humides Forêts nul ne bougea. De sorte que le chat y alla seul, et il vit la femme traire la vache. Il vit aussi la clarté du feu à l'intérieur de la caverne et il sentit l'odeur du lait chaud et crémeux.

« Ô toi, mon ennemie, femme de mon ennemi, dit le chat, où est donc allée Vache Sauvage ?

— Créature sauvage des Sauvages Forêts, répondit la femme dans un rire, retourne à tes forêts, car j'ai natté mes cheveux, mis de côté l'omoplate magique, et dans notre caverne nous n'avons plus besoin d'autres amis ou serviteurs.

— Je ne suis ni ami ni serviteur, répliqua le chat. Je suis le chat qui va seul, et mon souhait est d'accéder à votre caverne. »

Woman said, 'Then why did you not come with First Friend on the first night?'

Cat grew very angry and said, 'Has Wild Dog told tales of me?'

Then the Woman laughed and said, 'You are the Cat who walks by himself, and all places are alike to you. You are neither a friend nor a servant. You have said it yourself. Go away and walk by yourself in all places alike.'

Then Cat pretended to be sorry and said, 'Must I never come into the Cave? Must I never sit by the warm fire? Must I never drink the warm white milk? You are very wise and very beautiful. You should not be cruel even to a Cat.'

Woman said, 'I knew I was wise, but I did not know I was beautiful. So I will make a bargain with you. If ever I say one word in your praise, you may come into the Cave.'

'And if you say two words in my praise?' said the Cat.

'I never shall,' said the Woman, 'but if I say two words in your praise, you may sit by the fire in the Cave.'

'And if you say three words?' said the Cat.

'I never shall,' said the Woman, 'but if I say three words in your praise, you may drink the warm white milk three times a day for always and always and always.'

Then the Cat arched his back and said, 'Now let the Curtain at the mouth of the Cave, and the Fire at the back of the Cave, and the Milk-pots that stand beside the Fire, remember what my Enemy and the Wife of my Enemy has said.' And he went away through the Wet Wild Woods waving his wild tail and walking by his wild lone.

La femme demanda : « Alors, pourquoi n'es-tu pas venu le premier soir avec l'Ami Numéro Un ? »

Le chat, très en colère, demanda à son tour : « Chien Sauvage a-t-il raconté des histoires sur moi ? »

Et la femme de répondre en riant : « Tu es le chat qui va seul, et pour qui se trouver ici ou là n'importe guère. Tu n'es ni ami ni serviteur, tu l'as dit toi-même. Passe ton chemin et va-t'en seul où il ne t'importe guère. »

Le chat fit alors semblant de se désoler et dit : « Faudra-t-il donc que je ne pénètre jamais dans cette caverne ? Faudra-t-il que je ne m'assoie jamais à la chaleur du feu, que je ne goûte jamais à ce lait chaud et crémeux ? Tu es très avisée et extrêmement belle. Tu ne devrais pas te montrer cruelle, fût-ce envers un chat. »

La femme répondit : « Je savais que j'étais avisée, mais pas que j'étais belle. Aussi, je vais passer un marché avec toi. Si jamais je prononce une seule parole à ta louange, tu pourras entrer dans la caverne.

— Et si tu en prononces deux ? demanda le chat.

— Jamais je ne le ferai, répondit la femme. Mais si je prononce deux paroles à ta louange, tu auras le droit de t'asseoir au coin du feu, dans la caverne.

— Et si tu en prononces trois ? insista le chat.

— Jamais je ne le ferai, répliqua la femme. Mais si je prononce trois paroles à ta louange, tu auras permission de boire le lait chaud et crémeux trois fois par jour, et cela à tout jamais. »

Alors, le chat fit le gros dos et dit : « Que le rideau à l'entrée de cette caverne, ainsi que le feu au fond d'icelle, et les jattes de lait rangées le long de l'âtre soient témoins de ce qu'a dit mon ennemie, femme de mon ennemi. » Et il s'en fut par les Sauvages et Humides Forêts, remuant la queue et suivant son chemin en solitaire.

That night when the Man and the Horse and the Dog came home from hunting, the Woman did not tell them of the bargain that she had made with the Cat, because she was afraid that they might not like it.

Cat went far and far away and hid himself in the Wet Wild Woods by his wild lone for a long time till the Woman forgot all about him. Only the Bat – the little upside-down Bat – that hung inside the Cave knew where Cat hid; and every evening Bat would fly to Cat with news of what was happening.

One evening Bat said, 'There is a Baby in the Cave. He is new and pink and fat and small, and the Woman is very fond of him.'

'Ah,' said the Cat, listening, 'but what is the Baby fond of?'

'He is fond of things that are soft and tickle,' said the Bat. 'He is fond of warm things to hold in his arms when he goes to sleep. He is fond of being played with. He is fond of all those things.'

'Ah,' said the cat, listening, 'then my time has come.'

Next night Cat walked through the Wet Wild Woods and hid very near the Cave till morning-time, and Man and Dog and Horse went hunting. The Woman was busy cooking that morning, and the Baby cried and interrupted. So she carried him outside the Cave and gave him a handful of pebbles to play with. But still the Baby cried.

Then the Cat put out his paddy-paw and patted the Baby on the cheek, and it cooed; and the Cat rubbed against its fat knees and tickled it under its fat chin with his tail.

Ce soir-là, quand l'homme, le cheval et le chien rentrèrent de la chasse, la femme ne leur dit mot du marché qu'elle avait passé avec le chat, de peur que cela ne leur déplaise.

Le chat s'en alla très, très loin, et se cacha au sein des Sauvages et Humides Forêts, longtemps, jusqu'à ce que la femme eût tout oublié le concernant. Seule la chauve-souris, la petite chauve-souris pendue tête en bas à l'intérieur de la caverne, savait où le chat se cachait, et chaque soir, porteuse des dernières nouvelles, elle voletait jusqu'à lui.

Un soir, la chauve-souris annonça : «Il y a un bébé dans la caverne. Tout neuf, petit, rose et dodu. La femme l'adore.

— Ah! fit le chat, attentif. Mais qu'est-ce qu'adore le bébé?

— Tout ce qui est doux et qui chatouille, l'informa la chauve-souris. Il adore ce qui est chaud et qu'il tient dans ses bras en s'endormant. Il adore jouer avec. Il adore toutes ces choses-là.

— Ah! dit le chat, après avoir écouté. Alors, mon heure est venue.»

La nuit suivante, le chat coupa à travers les Sauvages et Humides Forêts et se cacha à proximité de la caverne jusqu'au lever du jour, quand l'homme, le chien et le cheval partirent à la chasse. Ce matin-là, la femme était occupée à cuisiner, et le bébé pleurait et la dérangeait. Aussi, elle l'emporta hors de la caverne et lui donna une poignée de cailloux pour qu'il s'en amuse. Mais le bébé pleurait toujours.

Alors le chat fit patte de velours et caressa la joue du bébé qui gazouilla. Il se frotta contre ses genoux dodus, et de sa queue le chatouilla sous son menton grassouillet.

And the Baby laughed; and the Woman heard him and smiled.

Then the Bat – the little upside-down Bat – that hung in the mouth of the Cave said, 'O my Hostess and Wife of my Host and Mother of my Host's Son, a Wild Thing from the Wild Woods is most beautifully playing with your Baby.'

'A blessing on that Wild Thing whoever he may be,' said the Woman, straightening her back, 'for I was a busy woman this morning and he has done me a service.'

That very minute and second, Best Beloved, the dried horse-skin Curtain that was stretched tail-down at the mouth of the Cave fell down – *woosh!* – because it remembered the bargain she had made with the Cat; and when the Woman went to pick it up – lo and behold! – the Cat was sitting quite comfy inside the Cave.

'O my Enemy and Wife of my Enemy and Mother of my Enemy,' said the Cat, 'it is I: for you have spoken a word in my praise, and now I can sit within the Cave for always and always and always. But still I am the Cat who walks by himself, and all places are alike to me.'

The Woman was very angry, and shut her lips tight and took up her spinning-wheel and began to spin.

But the Baby cried because the Cat had gone away, and the Woman could not hush it, for it struggled and kicked and grew black in the face.

'O my Enemy and Wife of my Enemy and Mother of my Enemy,' said the cat, 'take a strand of the thread that you are spinning and tie it to your spinning-whorl and drag it along the floor, and I will show you a Magic that shall make your Baby laugh as loudly as he is now crying.'

Et le bébé de rire. Et la femme, en l'entendant, eut un sourire. Puis ce fut la chauve-souris, la petite chauve-souris pendue la tête en bas à l'entrée de la caverne, qui intervint : « Ô toi, mon hôtesse, femme de mon hôte, et mère du petit de mon hôte, il y a une créature sauvage des Sauvages Forêts en train de jouer de très jolie façon avec ton bébé.

— Bénie soit cette créature sauvage, quelle qu'elle soit, dit la femme en se redressant le dos, car j'avais fort à faire ce matin et elle m'a rendu service. »

À cette minute et à cette seconde mêmes, ô toi, mon adorée, chuta — vroum ! — le rideau en peau de cheval séchée suspendu queue en bas à l'entrée de la caverne, en témoignage du marché que la femme avait passé avec le chat et, quand elle alla le replacer — et voilà ! —, le chat était installé bien confortablement à l'intérieur de la caverne.

« Ô toi, mon ennemie, femme de mon ennemi, et mère de mon ennemi, me voici, dit le chat, car tu as prononcé une parole à ma louange, et maintenant je puis prendre place à tout jamais dans ta caverne. Mais je suis toujours le chat qui va seul, et pour qui se trouver ici ou là n'importe guère. »

Fort en colère, la femme serra les lèvres et, prenant son rouet, elle se mit à filer.

Or, le bébé pleurait parce que le chat n'était plus là, et la femme n'arrivait pas à le faire taire, car il gigotait, donnait des coups de pied, et son visage devenait noir.

« Ô toi, mon ennemie, femme de mon ennemi et mère de mon ennemi, dit le chat, prends un brin de ce fil que tu es en train de filer, attache-le à ton fuseau et laisse-le traîner par terre : je vais te montrer un tour de magie qui fera rire ton bébé aussi fort qu'il pleure maintenant.

'I will do so,' said the Woman, 'because I am at my wits' end; but I will not thank you for it.'

She tied the thread to the little clay spindle-whorl and drew it across the floor, and the Cat ran after it and patted it with his paws and rolled head over heels, and tossed it backward over his shoulder and chased it between his hind legs and pretended to lose it, and pounced down upon it again, till the Baby laughed as loudly as it had been crying, and scrambled after the Cat and frolicked all over the Cave till it grew tired and settled down to sleep with the Cat in its arms.

'Now,' said Cat, 'I will sing the Baby a song that shall keep him asleep for an hour.' And he began to purr, loud and low, low and loud, till the Baby fell fast sleep. The Woman smiled as she looked down upon the two of them, and said, 'That was wonderfully done. No question but you are very clever, O Cat.'

That very minute and second, Best Beloved, the smoke of the Fire at the back of the Cave came down in clouds from the roof – *puff!* – because it remembered the bargain she had made with the Cat; and when it had cleared away – lo and behold! – the Cat was sitting quite comfy close to the fire.

'O my Enemy and Wife of my Enemy and Mother of my Enemy,' said the Cat, 'it is I: for you have spoken a second word in my praise, and now I can sit by the warm fire at the back of the Cave for always and always and always. But still I am the Cat who walks by himself, and all places are alike to me.'

— Je ferai ainsi, dit la femme, parce que je suis à bout, mais ne te dirai pas merci pour autant. »

Elle attacha le fil à son petit fuseau d'argile et le déroula sur le sol, le chat courut après et le tripota de sa patte, puis il fit la cabriole, l'expédia par-dessus son épaule, le trimbala de ses pattes arrière, fit semblant de le perdre, bondit sur lui de nouveau, jusqu'à ce que le bébé, riant aussi fort qu'il avait pleuré, houspille le chat et le tarabuste partout dans la caverne, pour finir, épuisé, par tomber de sommeil avec le chat dans ses bras.

« Maintenant, dit le chat, je vais chanter au bébé une chanson qui le fera dormir une heure entière. » Et il se mit à ronronner, tout haut et tout bas, tous bas et tout haut, de sorte que le bébé ne tarda pas à s'endormir profondément. La femme les contempla tous deux, en souriant, et elle dit : « Tu as réussi à merveille ! Nul doute que tu sois très habile, ô chat. »

À cette minute et à cette seconde mêmes, mon enfant adorée, la fumée du foyer, au fond de la caverne, s'abattit du toit en nuages — puff ! — en témoignage du marché qu'elle avait passé avec le chat et, quand elle se fut dissipée — et voilà ! —, le chat se trouvait installé bien confortablement au coin du feu.

« Ô toi, mon ennemie, femme de mon ennemi et mère de mon ennemi, dit le chat, me voici, car tu as prononcé une deuxième parole à ma louange et je puis maintenant et à tout jamais m'asseoir à la chaleur de ce feu, au fond de ta caverne. Néanmoins, je suis toujours le chat qui va seul, et pour qui se trouver ici ou là n'importe guère. »

*T*his is the picture of the Cat that Walked by Himself, walking by his wild lone through the Wet Wild Woods and waving his wild tail. There is nothing else in the picture except some toadstools. They had to grow there because the woods were so wet. The lumpy thing on the low branch isn't a bird. It is moss that grew there because the Wild Woods were so wet.

Underneath the truly picture is a picture of the cosy Cave that the Man and the Woman went to after the Baby came. It was their summer Cave, and they planted wheat in front of it. The Man is riding on the Horse to find the Cow and bring her back to the Cave to be milked. He is holding up his hand to call the Dog, who has swum across to the other side of the river, looking for rabbits.

Voici l'image du chat qui allait seul, suivant son chemin en solitaire par les Sauvages et Humides Forêts, et remuant sa sauvage queue. Cette image ne montre rien d'autre que quelques champignons, forcés de pousser là tellement les bois étaient humides. La petite bosse sur la branche du bas n'est pas un oiseau, mais de la mousse qui a poussé là tellement les Sauvages Forêts étaient humides.

Au bas de l'image proprement dite, on voit celle de la confortable caverne que l'homme et la femme ont occupée après l'arrivée du bébé. C'était leur caverne pour l'été, et devant ils ont planté du blé. L'homme, à cheval, s'en va chercher la vache pour la ramener à la caverne et la traire. Il lève la main pour rappeler le chien, qui a traversé le fleuve à la nage pour donner la chasse aux lapins.

Then the Woman was very very angry, and let down her hair and put more wood on the fire and brought out the broad blade-bone of the shoulder of mutton and began to make a Magic that should prevent her from saying a third word in praise of the Cat. It was not a Singing Magic, Best Beloved, it was a Still Magic; and by and by the Cave grew so still that a little wee-wee mouse crept out of a corner and ran across the floor.

'O my Enemy and Wife of my Enemy and Mother of my Enemy,' said the Cat, 'is that little mouse part of your Magic?'

'Ouh! Chee! No indeed!' said the Woman, and she dropped the blade-bone and jumped upon the footstool in front of the fire and braided up her hair very quick for fear that the mouse should run up it.

'Ah,' said the Cat, watching, 'then the mouse will do me no harm if I eat it?'

'No,' said the Woman, braiding up her hair, 'eat it quickly and I will ever be grateful to you.'

Cat made one jump and caught the little mouse, and the Woman said, 'A hundred thanks. Even the First Friend is not quick enough to catch little mice as you have done. You must be very wise.'

That moment and second, O Best Beloved, the Milk-pot that stood by the fire cracked in two pieces – *ffft!* – because it remembered the bargain she had made with the Cat; and when the Woman jumped down from the footstool – lo and behold! – the Cat was lapping up the warm white milk that lay in one of the broken pieces.

Alors la femme, fort en colère, dénoua ses cheveux et ajouta du bois au feu avant de ressortir la grande omoplate de l'épaule de mouton et d'entamer une formule magique qui l'empêcherait de prononcer une troisième parole à la louange du chat. Ce n'était pas, mon adorée, une formule incantatoire mais une formule lénifiante, et peu après il se fit dans la caverne un tel silence qu'une minuscule souris sortit d'une encoignure en couinant avant de courir sur le sol.

« Ô toi, mon ennemie, femme de mon ennemi et mère de mon ennemi, dit le chat, cette petite souris fait-elle partie de ton tour de magie ?

— Oh là là ! Certainement pas, dit la femme et, jetant l'omoplate, elle sauta sur un tabouret devant le feu et releva en toute hâte ses cheveux de peur que la souris n'y grimpe.

— Ah ! dit le chat en l'observant. La souris ne me fera donc aucun mal si je la mange ?

— Non, répondit la femme en attachant ses cheveux, mange-la vite et je t'en serai reconnaissante à jamais. »

D'un bond, le chat s'empara de la petite souris, et la femme dit : « Cent fois merci. Même l'Ami Numéro Un n'est pas assez rapide pour attraper de petites souris comme tu l'as fait. Tu dois être très habile. »

À ce moment et à cette seconde mêmes, mon aimée entre toutes, la jatte de lait posée à côté du feu se fendit en deux — pfft ! — en témoignage du marché conclu avec le chat, et quand la femme sauta à bas du tabouret — et voilà ! —, le chat était en train de laper le lait chaud et crémeux au creux d'un des tessons.

'O my Enemy and Wife of my Enemy and Mother of my Enemy,' said the Cat, 'it is I: for you have spoken three words in my praise, and now I can drink the warm white milk three times a day for always and always and always. But *still* I am the Cat who walks by himself, and all places are alike to me.'

Then the Woman laughed and set the Cat a bowl of the warm white milk and said, 'O Cat, you are as clever as a man, but remember that your bargain was not made with the Man or the Dog, and I do not know what they will do when they come home.'

'What is that to me?' said the Cat. 'If I have my place in the Cave by the fire and my warm white milk three times a day I do not care what the Man or the Dog can do.'

That evening when the Man and the Dog came into the Cave, the Woman told them all the story of the bargain, while the Cat sat by the fire and smiled. Then the Man said, 'Yes, but he has not made a bargain with *me* or with all proper Men after me.' Then he took off his two leather boots and he took up his little stone axe (that makes three) and he fetched a piece of wood and a hatchet (that is five altogether), and he set them out in a row and he said, 'Now we will make *our* bargain. If you do not catch mice when you are in the Cave for always and always and always, I will throw these five things at you whenever I see you, and so shall all proper Men do after me.'

'Ah,' said the Woman, listening, 'this is a very clever Cat, but he is not so clever as my Man.'

«Ô toi, mon ennemie, femme de mon ennemi et mère de mon ennemi, dit le chat, me voici, car tu as prononcé trois paroles à ma louange, et je puis à tout jamais boire ce lait chaud et crémeux trois fois par jour. Néanmoins, je suis toujours le chat qui va seul, et pour qui se trouver ici ou là n'importe guère.»

Alors, la femme se mit à rire et servit au chat un bol de lait chaud et crémeux en disant : «Ô chat, tu es aussi habile qu'un homme, mais rappelle-toi que ton marché n'a été conclu ni avec l'homme ni avec le chien, et je ne sais comment ils vont se comporter en rentrant.

— Que m'importe! répondit le chat. Si j'ai ma place dans la caverne près du feu et mon lait bien chaud et crémeux trois fois par jour, je me soucie bien peu de la façon dont l'homme ou le chien se comporteront.»

Ce soir-là, quand l'homme et le chien regagnèrent la caverne, la femme leur narra toute l'histoire du marché. Le chat, lui, était assis, tout souriant, auprès du feu. L'homme dit alors : «Ouais, mais ce n'est pas avec moi qu'il a conclu un marché, ni après moi avec aucun homme digne de ce nom.» Et il retira ses deux bottes de cuir, empoigna sa hachette de pierre (ce qui fait trois), dénicha un morceau de bois et une cognée (ce qui fait cinq), puis il les aligna en disant : «Maintenant, voici notre marché à nous : si tu n'attrapes pas de souris dès lors que tu loges à tout jamais dans cette caverne, je m'en vais te lancer ces cinq objets chaque fois que tu seras en vue, et ainsi feront après moi tous les hommes dignes de ce nom.»

«Ah! fit la femme, après l'avoir écouté. C'est un chat très habile, mais pas autant que mon homme.»

The Cat counted the five things (and they looked very knobby) and he said, 'I will catch mice when I am in the Cave for always and always and always; but *still* I am the Cat who walks by himself, and all places are alike to me.'

'Not when I am near,' said the Man. 'If you had not said that last I would have put all these things away for always and always and always; but now I am going to throw my two boots and my little stone axe (that makes three) at you whenever I meet you. And so shall all proper Men do after me!'

Then the Dog said, 'Wait a minute. He has not made a bargain with *me* or with all proper Dogs after me.' And he showed his teeth and said, 'If you are not kind to the Baby while I am in the Cave for always and always and always, I will hunt you till I catch you, and when I catch you I will bite you. And so shall all proper Dogs do after me.'

'Ah,' said the Woman, listening, 'this is a very clever Cat, but he is not so clever as the Dog.'

Cat counted the Dog's teeth (and they looked very pointed) and he said, 'I will be kind to the Baby while I am in the Cave, as long as he does not pull my tail too hard, for always and always and always. But *still* I am the Cat that walks by himself, and all places are alike to me!'

'Not when I am near,' said the Dog. 'If you had not said that last I would have shut my mouth for always and always and always; but *now* I am going to hunt you up a tree whenever I meet you. And so shall all proper Dogs do after me.'

Le chat compta les cinq objets, qui avaient l'air très contondants, et il dit : « J'attraperai des souris dès lors que je loge dans cette caverne à tout jamais. Néanmoins, je suis toujours le chat qui va seul et pour qui se trouver ici ou là n'importe guère.

— Pas lorsque je serai dans le voisinage, répliqua l'homme. Si tu n'avais pas dit ça pour finir, j'aurais rangé tous ces objets à tout jamais, mais à présent je m'en vais te lancer mes deux bottes et ma hachette de pierre (ce qui fait trois) chaque fois que je te rencontrerai. Et ainsi feront après moi tous les hommes dignes de ce nom. »

C'est alors que le chien intervint : « Minute ! Il n'a pas conclu de marché avec moi ni après moi avec tous les chiens dignes de ce nom. » Et il ajouta, montrant les dents : « Si tu n'es pas gentil avec le bébé dès lors que je loge à tout jamais dans cette caverne, je m'en vais te pourchasser jusqu'à ce que je t'attrape et, quand je t'aurai attrapé, je te mordrai. Et ainsi feront après moi tous les chiens dignes de ce nom. »

« Ah ! fit la femme, qui écoutait. C'est un chat très habile, mais pas aussi habile que le chien. »

Le chat compta les dents du chien (qui avaient l'air très pointues) et il dit : « Je serai gentil avec le bébé dès lors que je me trouve à tout jamais dans cette caverne, tant qu'il ne tirera pas trop fort sur ma queue. Néanmoins, je suis toujours le chat qui va seul, et pour qui se trouver ici ou là n'importe guère.

— Pas lorsque je serai dans les parages, dit le chien. Si, pour finir, tu n'avais pas dit ça, j'aurais refermé ma gueule à tout jamais, mais à présent je m'en vais te faire grimper à un arbre chaque fois que je te rencontrerai. Et ainsi feront après moi tous les chiens dignes de ce nom. »

Then the Man threw his two boots and his little stone axe (that makes three) at the Cat, and the Cat ran out of the Cave and the Dog chased him up a tree; and from that day to this, Best Beloved, three proper Men out of five will always throw things at a Cat whenever they meet him, and all proper Dogs will chase him up a tree. But the Cat keeps his side of the bargain too. He will kill mice, and he will be kind to Babies when he is in the house, just as long as they do not pull his tail too hard. But when he has done that, and between times, and when the moon gets up and night comes, he is the Cat that walks by himself, and all places are alike to him. Then he goes out to the Wet Wild Woods or up the Wet Wild Trees or on the Wet Wild Roofs, waving his wild tail and walking by his wild lone.

Alors l'homme lança ses deux bottes et sa hachette de pierre (ce qui fait trois) en direction du chat, le chat s'enfuit de la caverne, le chien le fit grimper en haut d'un arbre, et depuis ce jour-là jusqu'à aujourd'hui, mon adorée, trois hommes sur cinq dignes de ce nom lancent toujours des objets à un chat toutes les fois qu'ils en rencontrent, et tous les chiens dignes de ce nom l'obligent à grimper à un arbre. Cependant, le chat respecte lui aussi sa part de marché : il tue les souris, se montre gentil à domicile avec les bébés tant qu'ils ne tirent pas trop fort sur sa queue. Mais entre-temps, une fois cela fait, lorsque la lune se lève et que tombe la nuit, il est le chat qui va seul et pour qui se trouver ici ou là n'importe guère. Alors il regagne les Sauvages et Humides Forêts, ou escalade les sauvages arbres humides comme les toits mouillés et inhospitaliers, remuant sa sauvage queue et suivant son chemin en solitaire.

Pussy can sit by the fire and sing,
    Pussy can climb a tree,
Or play with a silly old cork and string
    To 'muse herself, not me.
But I like *Binkie* my dog, because
    He knows how to behave;
So, *Binkie*'s the same as the First Friend was,
    And I am the Man in the Cave.

Pussy will play man-Friday till
    It's time to wet her paw
And make her walk on the window-sill
    (For the footprint Crusoe saw);
Then she fluffles her tail and mews,
    And scratches and won't attend.
But *Binkie* will play whatever I choose,
    And he is my true First Friend.

Pussy will rub my knees with her head
    Pretending she loves me hard;
But the very minute I go to my bed
    Pussy runs out in the yard,
And there she stays till the morning-light;
    So I know it is only pretend;
But *Binkie*, he snores at my feet all night,
    And he is my Firstest Friend!

Il sait, mon minet, chanter au coin du feu
    Ou grimper à un arbre,
Ou bien jouer avec un stupide vieux bouchon et ficelle,
    Pour s'amuser lui-même, et non moi.
Par contre j'aime Binkie, mon chien, car
    Il sait comment se conduire.
Aussi Binkie est pareil à l'Ami Numéro Un,
    Et je suis, moi, l'homme de la caverne !

Minet jouera à Vendredi jusqu'à
    Ce qu'il soit temps de se mouiller la patte
Et de la promener sur le rebord de la fenêtre
    (En lieu et place de l'empreinte vue par Crusoé).
Ensuite il dresse la queue avec des miaulements,
    Il griffe et s'impatiente,
Alors que Binkie joue à tout ce que je veux,
    Et c'est lui mon véritable Ami Numéro Un !

Minet frotte sa tête sur mes genoux,
    Faisant semblant de m'aimer beaucoup,
Mais, à la minute même où je vais au lit,
    Minet s'enfuit dans la cour,
Où il reste jusqu'aux lueurs de l'aube.
    Voilà pourquoi je sais qu'il fait seulement semblant,
Quand Binkie, lui, ronfle à mes pieds toute la nuit,
    Et c'est lui le tout premier de mes amis !

DU MÊME AUTEUR

Composition : Dominique Guillaumin
Photogravure : IGS
Impression : CPI Firmin Didot
le 2 février 2011

Dépôt légal : février 2011
Numéro d'imprimeur : 103005
ISBN : 978-2-07-043940-9

177097